LES HÉRITIERS DES SEPT ROYAUMES

Le Sorgho rouge, Stock, 1987.
(Prix Cazes 1988.)

Ya Ding

Les héritiers des sept royaumes

Stock

Si vous souhaitez être tenu au courant de la publication de nos ouvrages, il vous suffira d'en faire la demande aux Éditions STOCK, 103, boulevard Saint-Michel, 75005 Paris. Vous recevrez alors, sans aucun engagement de votre part, le bulletin où sont régulièrement présentées nos nouveautés que vous trouverez chez votre libraire.

L'histoire véritable de la Chine commence à l'époque des Sept Royaumes.

C'était il y a trois mille ans. L'Empire du Milieu se partageait en QI, CHU, YAN, HAN, ZHAO, WEI et QIN, sept petits royaumes qui combattaient entre eux. Des guerres interminables, de nombreuses conquêtes mutuelles ont permis à chaque pays de produire ses hommes de génie et de former son esprit particulier.

La région de Pékin se trouve dans les anciens royaumes de Yan et Zhao. Ses hommes sont connus par leur intelligence, leur droiture, leur sens de la vérité et, par conséquent, leur destin tragique.

Plus de trois mille ans ont passé. Ces royaumes se réunissent et leurs frontières ont disparu dans l'histoire. Mais leur esprit continue à marquer les hommes...

« Mais mieux vaut tôt que tard... »

D'un pas chancelant, le Petit Wei marche dans les vieilles rues de Pékin, entre des marchands de fruits à l'appel perçant, et d'anciens murs ternes et muets. Sous un ciel jauni par la poussière, troué par un soleil flou et rouge, des maisons basses, accrochées les unes aux autres, ondulent de chaque côté en imitant un troupeau de moutons. Parmi elles, quelques gratte-ciel relèvent la tête : chiens de berger ou bergers eux-mêmes. Coup sur coup, le vent frappe. Le jeune homme poursuit sa marche.

« Va te faire baiser ! » cria une voix dans son dos.

Wei a failli se faire écraser par un tricycle chargé de charbon. Le livreur, aussi jeune que lui, le nez couvert de poussière noire, l'a injurié en crachant par terre. Une petite tache noire, glacée.

« Mais mieux vaut tôt que tard... »

Le Petit Wei, imperturbable, poursuit sa marche. Il se sent même reconnaissant d'avoir ainsi été insulté. La grossièreté de cet ouvrier inconnu, la tache de salive glacée sur le sol, le grincement du tricycle et la couleur du charbon semblent tout à coup le relier à la vie, à cette vie qu'il avait menée jusqu'à présent, et qui, brusquement, l'avait quitté pendant un moment. Il a été insulté ! Cela crée une sorte de lien entre les hommes. Et, si le livreur n'avait rien dit et n'avait fait que jeter sur lui un regard haineux, ou indifférent, ou, pire, ne l'avait pas regardé ?

« Va te faire baiser... »

Réconforté, le jeune homme commence à reprendre possession de son corps. Son regard se ranime.

La ville. Ces maisons construites avec des fragments de terre cuite, se pressant les unes contre les autres, ne laissant entre elles que quelques passages tortueux, étroits comme des entrailles de poule, parsemés de grands blocs de brique rouge fané et carrés comme d'énormes boîtes d'allumettes. On se demande quelle est la différence entre ces immeubles et les tombeaux des Houeis sinon les trous qu'on appelle des fenêtres et qu'on bouche éternellement avec un rideau noir. Voici les rues, pareilles à des canaux où coule ce maigre liquide noir : des passants. De temps à autre, une grosse bête arrive étourdiment, crache ses résidus de canne à sucre — quelques personnes épuisées — et aspire de nouveau une foule noire avant de repartir en pétaradant.

Un immeuble à cinq étages. Dix fenêtres par étage, en tout cinquante fenêtres. Derrière les cinquante fenêtres, cinquante chambres où habitent cinquante couples. Et la nuit, ces cinquante couples...

Que font-ils ? Le Petit Wei ne peut plus continuer. Sa pensée s'arrête, gelée dans son crâne aux parois fendues comme le sol par le froid en plusieurs fissures profondes : l'image de cervelle qu'il a gardée d'un cours de physiologie.

Depuis quand les hommes, si heureux dans les forêts et dans les plaines immenses, ont-ils pris cette stupide habitude de se regrouper pour vivre les uns contre les autres d'abord, puis les uns sur les autres ? On a du mal à imaginer la suite... les uns dans les autres ?

Encore un après-midi d'hiver, ces arbres dénudés qui se débattent dans le vent glacial, cette lumière sale filtrée par un voile de poussière et de fumée. C'est toujours sa ville natale, son chemin habituel, mais le Petit Wei aujourd'hui les voit différents, ou plutôt il se voit différent lui-même. Un dégoût, un sentiment de mal de mer, lui arrache les tripes. On dirait qu'un enfant fait de la balançoire dans le bas de son ventre. Deux ou trois fois, il a voulu vomir. Il a même plongé un doigt dans sa gorge. En vain. Le dégoût n'est pas assez fort. Malignement il se retire. Plus on le provoque, plus il se cache au fond de l'estomac. Cela devient presque une convulsion voluptueuse au long de l'œsophage, mouvement inachevé, étouffé par le resserrement de la poitrine, avec un gémissement de chiot noyé. Un retournement de l'estomac. Les larmes aux yeux, le Petit Wei n'a rendu qu'un liquide verdâtre et écumeux, longtemps suspendu à sa bouche, en ver transparent.

Encore une fois, il tend ses muscles pour chasser cette bête dégoûtante qui est entrée en lui hier dans la nuit. Toujours en vain, la bête invisible s'accroche à lui et devient une partie de son corps. Il se bouche les oreilles pour cesser d'entendre ce « Coucou ! » humide et vicieux. Le vacarme dans la rue, les moteurs des camions, les bicyclettes, et le trot bruyant des chevaux tirant les charrettes n'arrivent pas à le couvrir.

« Papa, tu entends ce bruit ? qu'est-ce que c'est ? » avait-il demandé une nuit lorsqu'il était petit.

Le bruit cessa tout de suite. Dans le noir, son père, gêné, hésita un moment avant de répondre d'une voix haletante : « Des colombes sur le toit. »

Des colombes sur le toit ! Dix ans plus tard, il a enfin compris lorsque hier dans la nuit, ne dormant pas, il a entendu de nouveau ce bruit humide. La lune était claire sous le grand vent d'hiver. Silencieusement, il a sorti la tête hors du drap suspendu devant son lit.

La tête figée, les yeux immobiles, il est resté cloué sur place comme une marionnette dont on aurait coupé les fils.

Ensuite, commencent ces sensations mélangées : le poids d'un corps d'homme, une démangeaison à l'entrecuisse, une humiliation voluptueuse, et un plaisir honteux imaginé qui s'entrechoquaient en lui, dans son corps, et qui finit par se transformer en un gigantesque dégoût. Ce dégoût le déchirait et l'écorchait. Il lui a fallu mettre la tête entre ses genoux pendant le reste de la nuit pour vivre jusqu'au matin et flâner toute la journée, le dégoût plein le ventre, sans manger et sans boire.

Il n'a qu'une solution.

Il devrait avouer qu'il connaissait depuis longtemps l'existence de cette affaire entre homme et femme. Il aurait dû loger ailleurs. Mais la pauvreté fait fuir la dignité. Sa famille ne dispose que d'une pièce de quinze mètres carrés et trouver une chambre dans cette ville serait plus difficile que d'escalader le ciel. Avant, le Petit Wei se résignait, faisant semblant de dormir pour ignorer ce qui se passait de l'autre côté du drap. Ce soir-là, il n'en a pas eu le courage. Poussé par une force mystérieuse, impérative, plus que par la curiosité, il n'a pu fermer les yeux.

« Mieux vaut tôt que tard... », se répète d'instinct le jeune garçon.

Il longe encore trois ruelles. D'un pas machinal, il se dirige vers la vaste entrée de l'usine qui, devant lui, deux gardiens de chaque côté comme deux dents noires, semble impatiente d'avaler son corps maigre et chétif.

« C'est la dernière fois. »

Il s'est décidé, après une journée de dégoût sans parvenir à vomir, une journée vagabonde sur des jambes molles. Sa décision a été prise : partir !

« Hé ! Ta carte d'entrée ! crie l'un des deux gardiens.

— Voilà. »

Humblement, le Petit Wei sort sa carte d'ouvrier et la lui tend.

« Tu peux y aller. »

Va te faire baiser toi aussi ! C'est la dernière fois que je passe votre contrôle. C'est la dernière fois que je vous envoie vous faire baiser !

Le Petit Wei se sent envahi par la rage. Cela fait six mois qu'il travaille dans cette usine et on lui demande chaque jour de présenter sa carte d'identité. Ses camarades de classe sont maintenant dispensés du contrôle sauf lui, à cause de sa figure trop plate, ou parce qu'il envoie tous les matins les gardiens se faire baiser ? Il n'en sait rien. Comme si, dès le départ, cette grande bouche, prévoyant quel serait son avenir, ne l'avait jamais accepté. Eh bien, tant pis ! Il va partir, il part pour toujours, loin du monde, pour découvrir un endroit tranquille, un lieu qui l'accepte, son propre coin, un refuge propre, sans saleté, sans dégoût, un abri bienheureux.

« Qu'est-ce que tu fais là, pendant que tout le monde est en réunion ? »

Une voix rauque se fait entendre derrière lui.

Le Petit Wei s'arrête. Un vieil homme sur ses talons. C'est l'ancien secrétaire du Parti à l'usine, qui le regarde de ses yeux sévères. Un secrétaire retraité, un seigneur de plus dans le monde. Wei se souvient d'un récent dicton parmi les ouvriers.

« Je ne savais pas qu'on avait réunion aujourd'hui, répond timidement le jeune homme.

— Tu es membre du Parti ?

— Mais non...

— Pas encore. » Le vieil homme semble soulagé, puis dit d'un ton plus doux :

« Vas-y vite, c'est une réunion urgente. Il n'y avait d'abord que les membres du Parti, maintenant elle est ouverte à tout le monde. Vas-y vite ! »

Le vieil homme tourne le dos à Wei et s'en va d'un air digne. Depuis deux ans qu'il a pris sa retraite, il n'a jamais quitté l'usine. « Je vous fais monter sur le dos du cheval et vous accompagne un bout du chemin », dit-il souvent à ses remplaçants. Il s'occupe des affaires d'une façon plus minutieuse. On dirait qu'il s'attache maintenant à l'usine autant qu'il s'attachait à sa maison quand il était réellement secrétaire du Parti. Le Petit Wei le voit s'éloigner d'un pas lent, en se dandinant légèrement, ses pieds flairant le chemin, comme s'il craignait de sauter sur une mine.

« Va te faire baiser ! »

Le Petit Wei a failli lui crier dessus. Il n'a plus peur aujourd'hui. Il va partir, il va les laisser à leurs interminables réunions du Parti.

Le jeune homme se dirige vers la salle centrale de l'usine où, d'habitude, se tiennent les réunions des ouvriers. Le chemin est couvert de clous et de pièces métalliques. On dirait qu'ils poussent d'eux-mêmes, les petits naissant des grands. Le Petit Wei pose chaque pas sur une pièce et éprouve un malin plaisir à les écraser.

Il arrive à l'entrée de la grande salle et ouvre la porte d'un geste hésitant : par-dessus un nuage noir de têtes et d'épaules, un brouillard de fumée, âcre et chaleureux, vient l'accueillir. Il sent une caresse chaude sur sa figure. Son dégoût s'apaise. Il lui reste une sensation de frottement dans l'estomac.

C'est le Parti. Cette chaleur avenante, cette fumée bleuâtre, cet air qui gomme les contours des personnes, mais les relie les unes aux autres par un immense ruban aérien invisible. Ici, dans cette salle, se trouve le Parti. Tout le monde fume et respire la même fumée, les responsables sur l'estrade comme la masse qui les écoute en bas. Le Petit Wei entre dans cette fumée, dans cette chaleur, avec un reste de mal de mer et de méchantes courbatures dans tout le corps. Il plonge au milieu de tout ce monde, dans cette collectivité. Il aspire la fumée ambiante, mais ne fume pas lui-même : il ne sait pas encore fumer. Il ne le regrette pas, car il sait bien que, même s'il fumait comme eux, même s'il avait comme eux une cigarette « Colline parfumée » à la bouche, il serait différent, il ne ferait pas partie de cette chaleur humide, n'y serait pas rattaché par ce ruban protecteur d'air bleuâtre.

« ... Oui, nous tenons une assemblée générale, les camarades membres et non-membres du Parti sont là. Il s'agit, comme toujours, de vous transmettre une nouvelle et très importante directive du Parti. »

Le secrétaire se racle la gorge et jette un coup d'œil au directeur de l'usine qui lui sourit. Il s'adresse alors au public : « Tout à l'heure, nous avons déjà tenu une réunion avec les membres du Parti, maintenant nous allons écouter notre directeur nous parler de cette directive. »

A ces mots, le directeur de l'usine se lève et s'excuse : « Non, non, le mieux c'est que notre secrétaire nous parle, c'est plus direct, plus direct ! »

Ainsi commence une cérémonie entre ces deux hommes qui détiennent le pouvoir suprême dans cette entreprise d'Etat. C'est rituel, à chaque nouvelle directive du Parti, on convoque d'abord les membres du Parti puis toute l'usine une heure plus tard, pour lire le même document : on dit que la différence entre les uns et les autres n'est qu'un décalage d'horaire. Bien sûr que non, le Petit Wei n'est pas dupe. Ce n'est pas si simple, surtout dans des cas particuliers, par exemple : pour un même délit, celui-ci serait enfermé en prison, mais celui-là pourrait l'éviter en perdant son appartenance au Parti. La qualité de membre du Parti ressemble au papier métallisé qu'on met sur les bouteilles de vin pour les sceller. Le Petit Wei, qui n'a pas adhéré, se sent comme une bouteille sans protection que l'on va boire la première.

Après un quart d'heure d'échanges de politesse entre les deux chefs, le secrétaire finit par accepter de prendre la parole. C'est normal : le Parti doit se placer au-dessus de tout. Encore deux ou trois courbettes pour remercier le directeur et il commence à débiter son discours :

« Conformément à notre constitution socialiste, nous allons bientôt procéder à l'élection des représentant du peuple... »

En bas, des ouvriers bavardent, en particulier les membres du Parti qui ont déjà tout écouté. Le Petit Wei cherche son chef d'atelier.

Il est là, assis une dizaine de rangs plus en avant, cet homme à la peau « noire », toujours un peu grotesque. Lui aussi regarde le Petit Wei d'un air dégoûté.

Inconsciemment, Wei plonge sa main dans sa poche et attrape le papier qu'il a écrit avant de se rendre à l'usine. En le manipulant, il éprouve, sous le regard sérieux du chef et surtout dans cette fumée, un scrupule dont il n'arrive pas à se débarrasser. Malgré ses efforts, il n'arrive pas à croire qu'un si petit bout de papier où il a étourdiment écrit quelques mots puisse avoir un tel effet sur sa vie. Est-ce vrai qu'il est libre de décider pour lui-même ? Est-ce vrai qu'il en a le droit ? Mais qui le lui a donné, ce droit ? Son corps ainsi que sa pensée n'appartiennent-ils pas au Parti ? Ne s'intègrent-ils pas dans un peuple ? N'est-il pas seulement une paillette de fer dans cet immense champ magnétique dont le centre est le Parti ? A-t-il, lui, Wei, une si grande force qu'il puisse s'en détacher ?

Malgré tout, le Petit Wei décide d'essayer. Il relève la tête et rencontre le regard du chef.

La première sensation n'est pas de l'ombre ni du noir, mais plutôt une gêne très légère dans les yeux qui clignent de plus en plus vite. Les silhouettes deviennent floues. Les distances perdent leur précision. Les couleurs s'estompent et s'assombrissent. La nuit arrive, silencieuse, à l'insu de chacun.

Au pied du haut mur, le vent souffle moins fort, mais insidieusement. Liang ralentit le pas et se laisse dépasser par le vieil homme qui le suit depuis l'arrêt d'autobus. Voyant qu'il n'y a personne, il sort de sa poche le bout de papier qu'il a reçu dans l'après-midi même :

Ce soir dans mon bureau
Avenue Wou Si, n° 2. Bureau 52.
Ministère de la Culture.
YAO. (Urgent.)

« Ce doit être ici », se dit-il en voyant une entrée démesurément large, devant laquelle deux soldats se tiennent en faction. Il se réjouit à cette idée, mais l'angoisse le surprend tout de même lorsqu'il arrive devant la grande porte fermée.

« Hé ! Camarade ! Que fais-tu ici ? » s'écrie l'un des deux soldats en le désignant d'un coup de menton. Ce n'est presque pas une question, mais une expulsion.

« J'ai rendez-vous au bureau 52, avec le camarade Yao, dit Liang en mettant les deux mains dans ses poches pour prendre un air officiel.

— Le bureau est fermé à cette heure-ci, dit l'autre en

s'approchant de Liang pour mieux le voir dans le crépuscule. Tu as une pièce d'identité ?

— Voilà. »

Liang lui donne sa carte d'étudiant.

Avec ses gros doigts de paysan, le soldat saisit la carte rouge et lit à haute voix les mots qui y sont inscrits. L'autre vient aussi mettre son nez et lit en même temps. Liang éprouve une gêne à entendre son nom et sa date de naissance prononcés avec difficulté par ces garçons de son âge, comme si on avait touché l'endroit le plus intime de sa personne, d'une façon étrangère et frustrante.

« Tu es étudiant... en faculté de... »

Les deux soldats ne parviennent plus à lire la suite.

« Faculté de civilisation occidentale », lit Liang pour eux.

Ils s'échangent un regard d'incompréhension, puis l'un d'eux rentre dans le poste pour téléphoner.

« Ça va, vous pouvez entrer. »

Dès que Liang a franchi la grande porte, un rire s'accroche à ses lèvres. Il ne peut s'empêcher de jeter un regard narquois vers ces deux soldats : « Maintenant ils nous protègent. »

Devant lui s'étend une grande cour peuplée de petites maisons en bois. Chaque maison porte une plaque : « Association des écrivains », « Confédération des artistes », « Société des acrobates », « Association des calligraphes »... Toutes ces vieilleries, enterrées pendant la Révolution culturelle, poussent comme des champignons après la pluie. Faute de bâtiment pour les loger, elles se contentent de fermenter pour le moment dans ces taudis modernes, s'alignánt vaillamment devant le grand immeuble du ministère de la Culture. Passant entre ces maisons au toit pointu, en ce début de la nuit, Liang a l'impression de se trouver parmi les tentes de l'armée de Zhou Geliang, l'histoire ancienne qu'il avait lue dans certaines bandes dessinées.

Il accélère le pas et arrive au bâtiment principal.

« Tout le monde t'attend. »

Déjà le Grand Yao est debout devant l'immeuble sur les hautes marches d'où il le regarde avec un sourire complice.

Heureusement, il y a la nuit. Liang sourit sans savoir quoi dire. Ils ne se serrent jamais la main, car au moment où ils se sont connus, Liang était encore un jeune campagnard, venu d'un village et qui ne savait pas serrer la main comme les gens de la ville. Par la suite, ils sont devenus si proches que la moindre politesse aurait été un signe de l'éloignement du cœur.

« C'est génial », dit Liang en s'approchant de Yao.

Il calcule toujours mal la distance qu'il faut observer entre de si bons amis.

« Au moins, on est sûrs de ne pas être dérangé par la police.

— Eux non plus, n'ont pas le droit d'entrer ?

— Bien sûr que non. »

Ils s'enfoncent dans un grand couloir noir. Yao lui indique l'escalier :

« L'ascenseur est en panne. »

Quatre à quatre, ils commencent à grimper. Dans le noir, à la dérobée, Liang observe du coin de l'œil son camarade et se sent gêné de poser sa question. Depuis toujours, Yao lui inspire un sentiment mystérieux. Inconsciemment, Liang éprouve envers lui une amitié profonde, une confiance mêlée de respect. Durant ses premières années à l'université, Yao, ancien élève de la même section, l'avait reçu comme nouveau venu, et avait guidé ses pensées comme pour un petit frère. Ils ont fondé la première revue des étudiants, organisé une association littéraire et de nombreux mouvements sur le campus. Sous son influence, Liang est devenu un chef parmi les étudiants. Mais son respect se voile d'un doute depuis l'année dernière, lorsque Liang a appris, à son étonnement, que Yao a été affecté au ministère de la Culture, à un poste si important.

« On arrive, chuchote Yao d'une voix essoufflée.

— C'est pour une réunion ? »

Il n'y eut, comme réponse, que la résonance sourde de leurs pas dans ce couloir obscur.

Yao a poussé une porte. La pièce est toujours sans lumière mais plus claire grâce aux grandes fenêtres. Liang y devine sept ou huit silhouettes, assises autour de deux tables. Le Grand Yao le présente :

« Voilà Li Liang, de l'université de Pékin. Il est également le rédacteur en chef de *Lac sans nom*. Vous ne devez pas l'ignorer. »

Une rumeur l'accueille. Liang reconnaît quelques visages, quelqu'un de l'université de Quinhau, de l'Ecole normale supérieure, et de l'Institut de chimie. Tous sont des chefs de mouvements étudiants, ceux que les autorités nomment « éléments instables ».

« Bonsoir. »

Sans trop de formules de politesse, Liang leur tend la main. « On est des grands… » Liang se gonfle la poitrine pour mieux correspondre à cette idée qui vient à son esprit chaque fois qu'il donne des poignées de main à ses camarades. Mais, au fond de lui-même, il s'en moque pas mal : il est tellement habitué de taper un coup sur l'épaule ou sur les fesses, « Salut ! » ou « On y va ! ». Oh ! Son enfance innocente n'est plus qu'une dépouille de serpent ! Liang recule d'un pas et s'assoit aussi dans l'ombre, à une place qui semble lui être réservée.

« Tu fumes ? »

Quelqu'un lui a jeté une cigarette que Liang se sent obligé d'allumer. Presque tout le monde fume.

« Tu es en retard, dit Yao toujours calme, un camarade de l'université de sciences et de technologie de l'Anhui est venu nous voir. Hier soir, ils ont fait une manifestation dans la capitale de province, devant le siège du comité local du Parti. Il est venu nous demander des soutiens.

— Oui, nous avons manifesté devant le comité du Parti », dit l'Anhuyen, au milieu de la salle, avec son accent du Sud qui respire la sincérité : « Le Parti a voulu nous imposer des noms pour l'élection des représentants du peuple. »

Liang éprouve une colère qui monte dans son corps. Le Parti récite le mot « démocratie », mais il s'impose au cours des élections. Cela devient déjà une règle, une loi dans le pays. Toute élection perd sa raison d'être. Il aspire un coup pour refouler sa colère, se reproche de ne pas rester calme, comme Yao, son maître, ou comme tant d'autres. Ce reproche le trouble davantage.

« Au début personne d'entre nous ne prenait cette élection au sérieux car nous savons que ces représentants sont les oreilles d'un sourd. Mais comme ces derniers temps le Parti parlait sans cesse de la démocratisation, nous sommes fâchés de voir que rien ne change en réalité…

— Mais vous avez manifesté devant le comité du Parti ? demande Liang malgré lui.

— Oui, affirme l'Anhuyen non sans fierté.

— La police n'est pas intervenue ?

— Non. »

L'excitation vient réveiller chez Liang cette ancienne douleur, la douleur qu'il a enterrée dans son cœur depuis l'année dernière.

« C'est un bon signe », ajoute le Grand Yao, la bouche derrière sa cigarette. On ne voit pas ses yeux à cause du crépuscule, mais seulement le bout du nez éclairé de temps à autre par sa cigarette.

C'est un signe. Bon ou mauvais, il est trop tôt pour le dire. Depuis l'arrivée au pouvoir du parti communiste, quoi que le droit de manifester ait été inscrit dans la constitution, les autorités n'ont jamais permis aucune manifestation, même si elle était favorable aux intérêts du Parti. L'année dernière, Yao et Liang avaient organisé une manifestation à l'université de Pékin, pour exprimer leur colère contre le Premier ministre japonais qui était allé rendre hommage aux anciens guerriers, et aussi pour réveiller le peuple chinois qui avait sombré dans un rêve matériel. On ne songeait qu'aux produits électroniques du Japon et on oubliait la dignité de la nation chinoise, l'idéal révolutionnaire et les intérêts du pays. Les gens cherchaient par tous les moyens à plaire aux commerçants étrangers, pour que ceux-ci leur offrent un cadeau ou leur facilitent l'achat d'une machine. La corruption, la malversation, la violation des lois se multipliaient dans l'administration et les entreprises d'Etat. Ainsi, grâce à leurs gadgets, les Japonais avaient fini par assurer sur la Chine une domination que leurs anciens envahisseurs n'avaient pu réaliser les armes à la main. Cela constituait un énorme obstacle pour le développement de la Chine. Le Parti lui-même avait lancé des avertissements sévères pour lutter contre cette invasion. Mais ce que le Parti se permettait, il ne le permettait pas aux autres. Liang revoit ce jour de l'automne dernier où la police arriva pour encercler les manifestants. Personne ne put sortir du campus. Liang et ses camarades avaient fini par comprendre que le Parti ne contestait pas la raison de la manifestation, mais le fait même de manifester.

« L'affaire est loin d'être finie, dit l'Anhuyen en prenant un air grave, les noms imposés restent toujours dans la liste. Il n'y a eu aucune réaction de la part des autorités à l'égard de notre manifestation. C'est pourquoi mes amis m'ont envoyé pour vous contacter. Nous avons aussi envoyé des gens dans d'autres villes, afin de soulever tout un mouvement dans le pays, pour que le Parti respecte sa promesse, comme avoir le droit de manifester… »

Il a raison. L'élection n'a aucune importance, surtout celle des représentants à qui le Parti ne demande jamais d'opinions mais des courtisaneries. Leur but serait que le Parti cesse de rouler le peuple avec ses promesses. La Chine se trouve déjà dans une situation si grave que, sans une réforme majeure, le pays s'écroulera. Certains dirigeants du Parti semblent l'avoir compris. Ils ont tenté d'organiser des réformes. Mais ces appels étaient plutôt destinés à apaiser la population qu'à être matérialisés. Trente ans de système avaient produit près de deux générations de parasites cherchant à utiliser la réforme dans le sens de leurs intérêts. Placés aux postes clefs, ils tiennent les leviers de commande. Les réformateurs ne peuvent rien contre eux.

L'Anhuyen lance sa dernière phrase avec sincérité :

« Camarades, nous, les jeunes intellectuels de la Chine future, nous sommes seuls à bouger. Il s'agit de sauver notre nation. »

La dernière syllabe paraît si pathétique que chacun tombe dans un lourd mutisme.

Le Grand Yao fixe Liang de ses deux trous noirs sans lueur : « Nous en avons discuté avant ton arrivée. Les camarades de l'Anhui ont commencé cette lutte pour la démocratie. Pour le moment, des mouvements d'étudiants à Pékin donneraient un certain poids à cet embryon de réforme. Peut-être fléchirions-nous les autorités ? Liang, tu le sais bien, on compte sur les étudiants de notre université ! »

Liang se sent dévoré par l'émotion et la fierté. Il a posé sa main sur ses lèvres, comme pour frotter une barbe qui n'a pas encore poussé afin de se donner un peu de maturité et calmer les battements de son cœur.

« Si les étudiants de l'université de Pékin lancent une manifestation, nous les suivrons..., dit vivement celui de Qinghau.

— Nous aussi ! »

Les autres approuvent ensemble et attendent Liang qui ne se prononce pas : n'est-ce pas un piège qu'ils ont dressé pendant son absence ?

« Comme tu sais, Li Liang, nous avons tous quitté l'université. Toi seul pourras agir à notre place », lui dit Yao d'une voix presque suppliante.

Tout dépend de lui en ce moment critique. Liang sent son cœur sauter dans sa gorge. Il aurait voulu accepter tout de suite, pour réaliser son rêve d'enfance : devenir un héros. Mais un doute lui paralyse l'esprit, entraînant une série de questions dans sa tête : qui est le Grand Yao ? Il jouait toujours le rôle d'un agitateur auprès des étudiants. Après les troubles de l'année précédente, ses camarades, une fois diplômés, avaient tous été envoyés à la frontière, dans des régions pauvres, loin de Pékin. Lui seul a reçu ce poste au sein du gouvernement. Aujourd'hui, il continue à les provoquer, à les inciter à la révolte. Quel est son vrai rôle ? Faut-il lui faire confiance ou s'en méfier comme l'affirment ceux qui ont milité à ses côtés ? Liang sait qu'il existe une lutte dans le Parti entre deux camps, celui des réformateurs et celui de conservateurs. Le Grand Yao n'est-il pas un agent du camp des réformateurs ? L'écouter et le suivre reviendrait-il à se lier au camp des réformateurs qui, d'après Liang, s'emparera un jour du pouvoir ?

« Liang, notre vieux proverbe dit : " Tout homme est responsable du pays "… »

Cette phrase du Grand Yao tombe devant Liang, comme un jalon sur une route : le sens du destin, la passion d'agir, cet ancien rêve de gloire, la sensation agréable d'être sollicité, le poussent à décider.

« L'université de Pékin va prendre la tête de ce mouvement. »

La voix de Liang résonne comme un bronze, plus profonde, comme si elle venait de loin.

« Très bien, dit le Grand Yao, très bien. Le plus vite serait le mieux, avant la prise de position des autorités pour influencer leur décision. »

Un goût de soufre dans la bouche, Liang tente de se retirer en lui pour prendre le temps de réfléchir, mais les autres le pressent, leurs regards fixés sur lui.

« Si on avait un moyen de faire connaître à tout le monde votre manifestation…

— Bientôt le monde entier sera au courant de cette première manifestation en Chine ! » dit l'Anhuyen dont les yeux brillent d'une intelligence malicieuse.

Liang hoche imperceptiblement la tête, dans un signe d'admiration. Mais son air calme de grand chef n'est qu'une apparence. En réalité, une immense angoisse s'est emparée de lui. Il est assez âgé pour être conscient de ce que vont déclencher ses décisions étourdies, mais trop jeune pour contrôler sa légèreté.

« La manifestation aura lieu après-demain, à midi. Nous nous rejoindrons sur la place Tian-An-Men, dit enfin Liang pour se débarrasser du regard des autres.

— D'accord, l'université de Qinghau sera là.

— Nous aussi, l'Ecole normale... »

La réunion se termine dans l'odeur de la poudre. Encore quelques poignées de main, les étudiants se dispersent.

Le Grand Yao saisit le bras de Liang avant qu'il sorte de la chambre. Liang sent dans sa main une force étrange, on dirait que Yao tremble.

« Tu devrais en savoir plus... dit Liang dans l'obscurité, après un moment de silence.

— Non. Le Parti est pris de court. Les réformateurs utiliseront cette occasion pour relancer leur démocratisation. Elle servira aussi de prétexte aux conservateurs pour freiner les réformes en proclamant qu'on est allé trop loin. Notre manifestation les influencera. Si le Parti finit par nous écouter, nous obtiendrons la démocratisation du pays. Tu sais combien de nos camarades ont lutté et souffert. Pour le moment, la police n'a pas été envoyée à l'Anhui. C'est bon signe. »

Dans l'ombre, on dirait que Yao n'a pas de regard. Liang ne peut fixer ces deux trous noirs sous les sourcils saillants. « L'homme de Chu... » Ce mot résonne dans la tête de Liang. Il se rappelle le vieil adage selon lequel l'ancien royaume de Chu était connu pour la ruse et la roublardise de ses hommes. Inconsciemment une lueur de méfiance vient le traverser, mais son goût pour la franchise et le plaisir de se sentir en confiance l'élimine ; d'ailleurs, la ruse ne détruit-elle pas elle-même la méfiance ?

« Si le Parti décide l'inverse, nous serons foutus ! » dit Liang d'un ton presque moqueur.

Yao se tait et serre très fort le bras de Liang.

« Le destin de la Chine prime tout. Agis avec courage et prudence. Pour ma part, je vais me renseigner et te préviendrai au moindre signe. »

Liang quitte son ami et entre dans le noir. Il ne reste qu'une journée pour organiser la manifestation. Heureusement, il n'est pas seul.

« Je ne peux plus voir Xué-Yan ce soir... », se dit Liang avec un pincement au cœur.

三

Dehors, le sommet de la colline accroche les dernières lueurs rougeâtres du couchant. On distingue un peloton de soldats vêtus de vert qui fait sa ronde entre des arbres dénudés. On dirait un serpent qui grimpe. Le vent souffle très fort. Les branches se penchent vers le sud comme des bras tendus pour rattraper un objet perdu.

Séparée de cette agitation par la double vitre, la chambre s'ennuie. Sur son canapé, Wang Juin est sûr que, même si la troisième guerre mondiale se déclenche, le speaker de la télévision parlera du même ton monotone et impassible. Chaque fois qu'il regarde la télévision, il éprouve un sentiment d'irritation envers ce beau garçon en costume Soun Yaxian, un « garçon crème », comme disent ses camarades. Ces derniers temps, on voit partout en Chine de ces stars, à la télévision comme au cinéma : la peau lisse, les yeux doux, le menton arrondi et imberbe, les cheveux bien peignés. C'est la beauté officielle des hommes, une beauté féminisée. On ne prise plus cette force virile. A cause du pouvoir des anciens paysans qui n'aiment que les femmes !

« *Maintenant nous passons au journal télévisé transmis par satellite :*

« *En France, plus d'un million d'étudiants et de lycéens sont descendus dans la rue pour manifester contre un projet de réforme dans les universités...*

« *Le mouvement le plus important depuis l'été 68... »*

Simultanément, apparaissent sur l'écran des images de Paris : dans la rue, sous les façades de pierre, des jeunes gens se bousculent, rient, dansent et chantent, brandissant des pancartes grossièrement peintes...

« Tiens, c'est curieux ! les étudiants français manifestent comme on va à la foire ! »

Hong, assise à côté de lui, marque un commentaire. Ce sont les premiers mots qu'elle prononce depuis qu'ils ont quitté la salle à manger et qu'ils sont entrés dans la chambre à coucher. Elle a l'air perplexe. Peut-être a-t-elle eu un pressentiment ou attend-elle, avec angoisse, que quelque chose se produise ?

Du coin de l'œil, Wang Juin l'observe. Sous la luminosité argentée de l'écran, elle a l'air impassible. Comme si un léger voile de soie le recouvrait, son visage se fige en une sculpture de pierre ou de jade. Rien ne bouge en elle, sauf, de temps en temps, ses paupières qui battent d'un coup. On ne voit même pas le mouvement de sa respiration sous son chandail rouge, rendu rosé par l'écran. Wang Juin s'étonne que Hong, cette fille dynamique, puisse être si paisible. Militante, elle a participé à tous les mouvements d'étudiants. Dans l'esprit de Wang, elle n'est associée à aucune image fixe. Quand il pense à elle, Wang Juin ne se souvient que d'une bouche qui discute et dont les mots sont des couteaux tranchants, de ses éclats de rire entre ses dents blanches, de sa démarche rapide et légère, ou de ses longs cheveux noirs qui ondulent sur ses épaules. « Vive comme une flamme ! » disent ceux qui la connaissent.

> « *De France, les manifestations se propagent en Belgique, les étudiants de Bruxelles, eux aussi, descendent dans la rue en protestant contre... *»

Toujours la voix monotone du speaker. Sur l'écran, on aperçoit les étudiants belges, plus lents, plus bonasses que les Français qui manifestent d'une façon plus sérieuse et plus violente.

Le journal télévisé se termine par quelques images sur le sport ; il est suivi par un film documentaire, aussi ennuyeux que les autres. Wang jette un regard agacé vers Hong. L'impatience commence à lui piquer le dos.

Hong pousse un léger soupir, bouge un peu sur son siège. Wang Juin l'observe de profil et éprouve de la gêne en pensant à ce qu'il va faire.

« Que ce film est assommant ! » s'exclame tout à coup Hong en s'étirant les bras en arrière et en bâillant.

Un élan parcourt le corps de Wang Juin lorsqu'il voit pointer les seins de Hong pendant qu'elle bâille.

« C'est vrai, c'est très ennuyeux ! » fait-il en se déplaçant vers elle.

Elle a encore bâillé, mais reste silencieuse.

Bon signe. Elle attend... Wang Juin s'émeut : le moment décisif arrive. Il faut y aller, sinon ce sera trop tard. Combien de fois a-t-il raté cette première occasion sans pouvoir recommencer ? C'est la fourche d'un chemin. Si l'on ne choisit pas cette voie, on est obligé de prendre l'autre, et on ne pourra plus revenir en arrière.

« Je n'en peux plus ! »

Hong se lève du canapé et fait quelques pas vers la fenêtre. Elle semble avoir peur de briser l'ambiance. Elle marche d'une façon si précieuse, posant les pieds l'un devant l'autre avec tant de scrupules, qu'on dirait des pas interrogatifs. Wang Juin la regarde marcher. Son regard accompagne le mouvement de ses fesses moulées dans son pantalon, comme deux quartiers de potiron mûr. Chaque fois que Wang Juin remarque les fesses de femmes, il éprouve la sensation de manger de la viande grasse dont l'huile coule aux coins de la bouche. Il ferme les yeux et se pourlèche en poussant un soupir, pour soulager sa poitrine où une torche brûle d'impatience.

« C'est agréable ici, dit Hong en regardant dehors, ce paysage dans le crépuscule donne envie de lire un gros roman... »

Elle s'arrête. Sa phrase semble déplacée dans cette maison dépourvue de livres.

Wang Juin n'a qu'à fermer la télévision. Le silence est lourd. Parler ! Il faut dire quelque chose pour meubler ce silence et ôter à Hong son envie de partir.

« Mes parents ne lisent pas... »

Hong se retourne, le dos contre la fenêtre, fixant le jeune homme. Elle semble, dans l'obscurité du soir, sourire sous son air impassible. Wang se trouble, à voir ses yeux si tendres, incrustés entre les paupières légèrement gonflées, son cou à moitié caché sous le col du chemisier, la forme de ses seins sous le chandail velouté, ce corps mince bien taillé, auréolé des derniers rayons empourprés du couchant. « Corps d'une femme », quelque chose se met à cogner contre sa gorge, comme un lièvre. Son sang devient une mer qui se soulève, bouillonne d'un orage intérieur. Regardant bien la jeune fille dans ses yeux, Wang Juin se rend difficilement compte que, chez lui, c'est un désir d'elle, d'une femme, ou de chair féminine, mais plutôt une envie de toucher le velours de son pull-over, de caresser ses cheveux, d'effleurer ses sourcils avec ses lèvres... Le désir sexuel se traduit, avant tout, par cette envie de poils, de douceur velue, de toucher soyeux.

« Curieux. Toi, si bavard, tu restes comme un morceau de bois mort. »

Elle rit. Sa voix est douce. De syllabe en syllabe, il semble qu'il n'y ait pas de nette distinction de son, mais un changement d'ondes sonores, humides et tendres, venues du fond de son corps.

Wang Juin est rassuré. Si elle lui avait annoncé son départ, il l'aurait prise dans ses bras. Mais elle a ri sans dire plus. Avec regret, il se racle la gorge et cherche ses mots.

« Non... je veux dire... que le silence est aussi, quelquefois... On peut parler avec le silence...

— Ah ! tu veux parler avec ton silence aujourd'hui. Il doit être parlant, ton silence ! Je me lave les oreilles. »

Elle rit encore. Un rire argenté.

Il n'ose pas rire. Un son ou un mouvement déclencherait l'explosion de sa timidité et de son désir qui, aussi puissants l'un que l'autre, luttent avec acharnement. Il tente de se contenir, les dents serrées. Oh ! qu'il a chaud ! Wang Juin regarde la fermeture du chauffage, sans oser aller la régler : le radiateur se trouve sous ses jambes à elle, près de la fenêtre. Il en émerge des vagues de chaleur sur lesquelles flottent ces jambes de femme.

A la dérobée, le crépuscule s'empare de la pièce. Dehors, le vent souffle de plus en plus fort. Les arbres ont l'air de mugir. Wang Juin, paralysé par son désir et ses scrupules, éprouve une impression étrange : dans ce lieu si secret, si bien protégé, réservé aux plus hauts dirigeants de l'armée, lui, fils du maître de la résidence, gardée par une douzaine de soldats, il tombe dans l'embarras d'une telle affaire. Son père serait furieux s'il savait que son fils a choisi cet endroit pour commencer... Non, plutôt pour tenter de commencer sa première expérience sexuelle. Les soldats de garde devant la maison seraient vexés, eux qui, dans ce froid si rigoureux, se croient en train de protéger le « cerveau » de la force militaire de la patrie. A cette idée, Wang Juin éprouve de la honte : ils sont des « fils ingrats », méritant l'insulte historique : « Homme loyal a toujours des fils ingrats. »

Leurs pères ont fait la guerre, obtenu le pouvoir, la gloire et le confort. Ensuite, ils ont lutté, dans le confort, pour protéger pouvoir et gloire. Mais eux, les fils, ne font que profiter de ce confort... Ses pensées lui font perdre l'envie de ce corps.

Hong ne supporte plus ce silence. Elle revient s'asseoir sur le divan à la même place, et dit d'un ton hésitant : « Je crois que je vais rentrer...

— Mais non ! »

Wang Juin, se levant, peut enfin aller fermer le chauffage.

« Je veux dire... reste encore un peu.

— La nuit arrive.

— Mais, justement...

— Justement quoi ? demande-t-elle en élevant un peu la voix.

— Justement... pour rester un peu ensemble, dans la nuit... »

Wang Juin revient près d'elle, son cœur lui donne des coups de pied.

« Pour parler avec ton silence ?

— Mais on peut aussi parler avec d'autres choses...

— Avec quoi, alors ? »

Au-delà du crépuscule tombe la nuit, grosse bête de fourrure noire. Dehors, le ciel reste clair, supportant des nuages obscurs. La colline, les arbres s'enfoncent dans les ténèbres. Le moment décisif arrive. La fourche du chemin est devant lui. Il faut trancher ! Wang Juin s'étouffe. Le sang lui afflue au visage. Son nez est bouché. Il respire mal.

« On parle avec quoi, par exemple ? insiste Hong.

— On peut parler... avec les mains. »

Wang Juin tend ses mains pour les poser sur l'épaule de la jeune fille. Mais elles s'arrêtent à mi-chemin, figées, tremblantes. Il les repose sur ses propres genoux, paumes en l'air.

« Avec les mains, comme les muets, ah ! ah ! ah ! »

Son rire fuse sans contrainte, sur un rythme régulier. On dirait une vague tonique émanant des ondulations de son corps, de la danse de ses cheveux. Sous le rire, son chandail frissonne : respiration de la tendresse.

« Oh ! Hong... »

D'un mouvement brusque, Wang Juin saisit les mains de la

jeune fille et penche sa tête sur son épaule. Elle ne bouge pas.
Oh ! Ciel ! Cette sensation de velours d'un corps féminin ! De sa
joue, le jeune homme effleure le chandail sous lequel se trouve la
chair tendre. Des milliers de chatouillements, fins, doux, le
parcourent jusqu'à l'os, jusqu'aux tréfonds. Vague de tendresse
fleurissant d'écume, torrent d'alcool pur enivrant l'univers,
incendie de sang brûlant son corps. Wang Juin sent un abandon
l'envahir. Une pulsion brusque le jette sur elle.

« Calme-toi », gémit-elle en lui caressant la tête.

Le jeune homme saisit le velours de son chandail, ouvre grand
la bouche et mâche et remâche les cheveux de la jeune fille. Il
ferme ses dents, lèche avec sa langue et les suce. Oh ! Cette odeur
indéfinissable, cette saveur douce et un peu aigrelette, ce toucher
soyeux, soumis et récalcitrant. Les cheveux d'une femme, cette
odeur imperceptible et forte, il les savoure pour la première fois,
lui dont le corps est soumis à deux idéologies puritaines
s'opposant l'une à l'autre, le marxisme aménagé à la chinoise et le
confucianisme révolutionnaire ; toutes deux interdisant les relations sexuelles, quoique leurs fondateurs aient été des débauchés
au cours de leur jeunesse.

Wang Juin se sent un autre être complet, plus humain, vivant.
Un feu s'allume dans ses veines, sur une jeunesse accumulée
comme un explosif depuis vingt ans. Entré dans un palais, rêvé
depuis longtemps et toujours ignoré, il éprouve un vertige, une
solennité mystérieuse : il va franchir la ligne interdite tracée il y a
cinq mille ans, il va accomplir une rupture historique.

La mer se soulève, l'orage éclate, la nuit s'empourpre. Une
vibration le saisit aux talons, traverse son dos, s'élance jusqu'aux
pointes de ses cheveux.

« Calme-toi », répète Hong en saisissant ses mains fermement.

Wang Juin se réveille. Il respire mal. Son nez siffle. Il ouvre la
bouche pour reprendre haleine. Il se ressaisit et cherche un mot
pour que le déroulement du temps puisse se poursuivre. Sa tête
est vide, sa langue inerte. Hong semble trouver cela naturel et,
pour le libérer de sa gêne, elle le caresse et dit doucement :

« Tiens, tu ne peux pas mettre un peu de musique ?

— Si ! Bonne idée. »

Il se lève et met en marche le poste de radio sur l'étagère.

« On va écouter un peu de jazz.

— " *La Voix de l'Amérique* " ! » crie Hong en tapant dans ses mains. Wang Juin retrouve la petite fille espiègle.

Il tourne le bouton parmi un défilé de sons allègres, on dirait un marché d'oiseaux.

Une clarinette commence à danser dans la chambre obscure. Les yeux fermés, on reçoit une danse dans les oreilles. Un morceau profond, tendre, mélancolique. Wang Juin revient près de Hong pour la prendre dans ses bras.

« Attention ! » crie la fille.

« *La Chine...* »

La clarinette s'affaiblit. Une femme parle d'une voix qui fait penser à son arrière-gorge trop molle.

Wang Juin se ressaisit et regarde Hong de ses yeux désemparés. « Ecoute ! »

« *En Chine, trois mille étudiants ont manifesté dans la rue, réclamant plus de démocratie et de liberté.* »

Stupéfaits, il se regardent immobiles. La voix de femme continue dans un crépitement léger :

« *A Hefei, capitale de la province de l'Anhui, trois mille étudiants de l'université des sciences et de technologie ont manifesté hier dans la rue, devant le siège du comité du Parti, pour réclamer plus de démocratie et de liberté...* »

« Ils ont réclamé la démocratie et la liberté dans la rue », répète lentement Hong, sans bouger.

Sa voix se fait aiguë, ses yeux fixes : tout velours l'a quittée. « C'est pas vrai ! »

Wang Juin crie presque. Il se sent bouleversé par cette nouvelle venue mal à propos. Il se trouvait au bord de la mer, il lui suffisait d'oser y plonger.

Hong lui est arrachée. Wang Juin aimerait lui dire que c'était peut-être une fausse nouvelle puisqu'on n'en a pas entendu parler à Pékin. Mais il sait que, pour les nouvelles intérieures de la Chine, on ne peut se fier qu'à « La Voix de l'Amérique ». Il n'ose rien dire en voyant l'air effarouché de Hong.

« Hong, ne t'en fais pas... »

Il prend sa main et la trouve froide.

« Ils ont pu aller manifester dans la rue..., dit-elle d'un air absent.

— C'est... c'est dommage », marmonne Wang Juin en se levant pour éteindre la radio.

Pendant un instant, Wang Juin éprouve presque un sentiment de haine tant sa frustration est grande. Mais Hong semble absorbée par ses rêves, ignorant l'existence du jeune homme.

« Incroyable ! »

Wang Juin aussi commence à se rendre compte de l'importance de cette nouvelle. Une manifestation contre le Parti pour la première fois dans l'histoire. Que se passe-t-il ? Comment les étudiants anhuyens ont-ils pu échapper au contrôle de la police ? Par qui cette manifestation a-t-elle été organisée et soutenue ? Peu à peu, dans son corps, l'incendie s'éteint. La marée de son sang se retire de sa tête. Il retrouve sa lucidité habituelle.

« Je pense que je devrais rentrer à l'université, dit Hong en se levant brusquement.

— ... Moi aussi. »

Wang Juin essaie de rencontrer le regard de son amie. Hong tourne le dos pour prendre son manteau sur le lit. Le jeune homme se plante derrière elle et éprouve du dégoût devant ses fesses. Hong prend le téléphone et le tend à Wang Juin :

« Tu demandes la voiture de ton père ou je demande la mienne ?

— Tu veux rejoindre Li Liang ? »

Wang Juin n'a pas pu empêcher cette question absurde de sortir de sa bouche.

Hong ne répond pas.

« Allô ? » fait une voix à l'autre bout du fil.

Wang Juin prend le récepteur et dit d'une voix fausse et précipitée :

« Ici, numéro 3 sur la colline. Je veux la voiture tout de suite.

— Très bien.

— Où va-t-on ? » demande Wang Juin en recouvrant de sa paume l'appareil.

Hong ne répond pas.

四

Sorti de l'usine, le Petit Wei pousse un soupir de soulagement. Lorsqu'il est entré pour toucher son dernier salaire, les comptables l'ont regardé comme s'il était un monstre. Le Petit Wei se demandait s'ils auraient l'air aussi surpris lorsque des bandits viendraient les cambrioler. Comment un ouvrier ose-t-il donner sa démission ? C'est la première fois depuis la fondation de l'usine, ou même depuis la fondation de la République. Surtout en cette période où beaucoup de jeunes diplômés attendent désespérément un travail. C'est une grève, un refus de servir la grande cause de la Révolution, une protestation contre notre « Grand Régime socialiste ». Pourtant, le Petit Wei n'a reçu aucun reproche lorsque, après la réunion de l'après-midi, il a présenté sa lettre de démission. Peut-être avait-il fait trop de bêtises et les chefs en avaient-ils assez de lui ; ou avaient-ils quelqu'un de leur famille qui attendait une place.

Démissionner après avoir travaillé six mois lui donne droit à un mois de salaire plus vingt-trois jours de travail. Il a touché en tout quatre-vingt-quatre yuans et soixante-six centimes. Ses billets à la main, le Petit Wei se dirige vers la sortie de l'usine. Il n'a pas tout de suite empoché cet argent qui lui semble plus lourd qu'auparavant. « Ma liberté », pense le jeune homme en serrant les doigts sur ces billets. C'était pour cela qu'il devait se lever si tôt le matin, courir après l'autobus, se pencher toute la journée sur sa machine, subir les « pisses de chien » du chef. Etre ouvrier d'Etat lui imposait des devoirs politiques, des réunions interminables, des autocritiques, des serments de fidélité envers le Parti... pour un salaire mensuel de soixante yuans. Six billets de dix yuans qui craquent légèrement dans sa main : le prix de dix kilos de bonne viande !

Maintenant il est libre. Renoncer aux dix kilos de viande par mois lui a rendu sa liberté. Le Petit Wei, soulagé et content, sort de l'usine, se retrouve boulevard de la Longue-Paix.

Un vacarme règne dans le froid coiffé du crépuscule. Ce boulevard large de plus de cent mètres est couvert de cyclistes, marée noire s'écoulant sur roues. Chaque goutte d'eau, l'air impassible, sûre de son chemin, glisse vers son nid caché quelque part dans le labyrinthe de cette ville. Chacun a son nid bien chaud, au détour d'une ruelle, derrière les perrons édentés, sous un arbre tordu, étroit, mais un coin réservé, qu'on appelle « chez soi » avec cet air de propriétaire, où on peut faire ce que l'on veut, ouvrir la fenêtre pour s'aérer, fermer la porte lorsqu'on fait un bon repas, s'allonger si on est fatigué, faire l'amour avant de dormir. Merde ! Le Petit Wei a failli se heurter contre un passant. Tout le monde a son nid sauf lui, cette goutte d'eau sans source ni but.

Sur le trottoir, le jeune homme imite instinctivement le mouvement des jambes des cyclistes. Il a faim et froid, d'autant plus qu'il a désormais cette liberté sur les bras, une liberté qui met fin aux responsabilités et contraintes du travail. Finies les huit heures penché sur la machine, les grondements du chef, finies les réunions urgentes et moins urgentes dans le tourbillon de fumée. Finis aussi les soixante yuans qui permettent de survivre. Une liberté que quiconque aurait cherché à fuir.

Le jeune homme qui a froid tremble avec une sensation de vide. Cette liberté l'allège de façon si brusque qu'il se sent pris de vertige.

Le dos voûté, la tête enfoncée dans les épaules, il marche vite, court presque. Sur l'écran de la nuit, il semble que quelqu'un l'appelle du côté de la Cité interdite. Il tourne la tête et voit deux soldats qui, l'air rogue, le fusil au bras, montent la garde devant le pont de l'Eau-dorée. Les pans de leurs manteaux soulevés par le vent lui font signe. Le Petit Wei n'ose affronter le regard des soldats. Il a l'impression de passer la frontière en fraude. Il ralentit le pas en contemplant le haut du mur rouge du Palais impérial pour s'assurer qu'il se trouve bien sur la place Tian-An-Men, au cœur de la capitale, le cœur du pays. Il est donc dans le cœur du cœur. Rien à craindre ! Le président Mao, de son portrait déjà éclairé, suspendu au centre du monument, lui jette un regard plein d'espoir. Le Petit Wei se redresse sous les yeux de ce géant qu'il a tant entendu mais jamais connu, sauf sous la forme d'un cadavre vidé et embaumé. Il avait dix ans lorsqu'il est mort.

« Au nom de qui ?

— Au nom du président Mao ! »

Ce nom magique prononcé, on était cru même si l'on affirmait qu'il n'y avait pas de pierres aux montagnes du Nord-Ouest. Aujourd'hui ces camarades s'en moquent et l'appellent le « Vieux Mao ». Ils l'insultent en disant que c'est à cause de lui si ces malheurs sont arrivés. Le Petit Wei entend lui rester fidèle, il ne veut pas changer si vite. Contrairement à ses camarades, il continue à marquer du respect et de la tendresse pour cet homme. Peut-être a-t-on raison de dire que c'est lui qui a ruiné la Chine, mais quelqu'un qui, tout seul, ruine un si vaste pays, ne mérite-t-il pas de susciter le respect ? Détruire et construire ne sont-ils pas synonymes ? Le jeune homme ne peut haïr ou insulter quelqu'un sans le connaître.

« La place Tian-An-Men est la plus grande du monde... » Le Petit Wei avait appris cette phrase dès son entrée à l'école. « Pour la traverser, il faut donc mettre plus de temps », grogne le jeune homme en marchant. La fierté qu'il en éprouve d'habitude ne l'enflamme pas comme les autres jours : un petit rire lui monte au coin de la bouche. Depuis sa naissance, on ne cesse de lui inculquer la fierté d'être chinois et d'être né dans la nouvelle Chine. Notre peuple est le plus grand peuple du monde, dix fois plus grand que les Etats-Unis, vingt fois plus que la France. Notre histoire et notre civilisation sont les plus anciennes. Nous avions créé les quatre grandes inventions pendant que les autres étaient des barbares. Notre pays est entré directement dans la période socialiste, grâce à un saut dans l'histoire et en brûlant les étapes de l'ère capitaliste. Nous sommes plus proches du communisme, le but suprême de l'humanité. Jusqu'à présent le plus grand palais des sports est celui des Etats-Unis, mais notre palais de Pékin est d'un mètre plus large. Nous n'avons mis que cinq ans à fabriquer la première bombe atomique tandis que les impérialistes américains et les révisionnistes soviétiques en ont mis plus de vingt. C'est une chance immense d'être un citoyen, un camarade de la nouvelle Chine !

Le Petit Wei arrive à l'extrémité de la place Tian-An-Men. Il garde la tête tournée pour regarder le drapeau national qui se trouve au centre de la place, déployé dans le vent glacial. Une grosse étoile entourée de quatre petites. « La grosse représente le parti communiste, et les quatre petites... » Qu'est-ce qu'elles représentent ? Rien. Le Petit Wei n'arrive jamais à s'en souvenir. Il regarde ces petites étoiles qui semblent ne pas pouvoir s'arrêter de sauter de joie.

« Arrête ! » crie un soldat sur un ton militaire.

Le Petit Wei tremble de peur. Il s'arrête avant de se tourner. Mais, tout de suite, il se calme et se réjouit de constater que le soldat a grondé un jeune paysan dont il saisit la manche.

« Une amende de cinquante centimes !

— Mais pourquoi, mon camarade ? » demande le jeune paysan.

Le crépuscule ternit sa figure de terre, mais blanchit ses cheveux jaunis. Sauf ses yeux, démesurément grands, qui brillent de frayeur.

« Pourquoi ? Tu as jeté un mégot sur la place. Donc tu dois payer une amende de cinquante centimes. »

Le soldat a la figure rouge d'excitation, comme s'il s'était enfin emparé d'un ennemi.

« Mais... mais... »

Le jeune paysan observe le mégot qu'il vient de jeter sur le pavé, dont un reste de fumée se dégage, faible, dispersée par le vent.

« Cinquante centimes, selon les règlements récents...

— Mais non ! »

D'un coup, le jeune paysan arrache sa manche des doigts du soldat, ramasse son mégot, puis d'un mouvement bref, le remet dans sa bouche, suce de toutes ses forces.

« Qui t'a dit que je l'ai jeté ? Hein ? Un si grand bout ! Tu crois qu'on peut être prodigue ? Un coup de vent me l'a ôté... »

Déconcerté, le soldat le regarde partir en marmonnant.

« Il est certain qu'il n'est pas un vrai fils de paysan... pour croire qu'on peut jeter un si grand bout... »

Le Petit Wei rit. Il est content. La tête tournée pour les regarder, il reprend sa marche.

« Merde ! »

Il a failli tomber en faisant un faux pas à la lisière du trottoir.

S'assurant que personne n'a vu son geste ridicule, il ferme les yeux pour oublier sa propre image. Puis il se dirige à droite vers le quartier du vieux Pékin.

En bavardant, deux jeunes filles viennent de croiser le Petit Wei et de lui effleurer l'épaule. Si leur voix indique dix-sept ou dix-huit ans, la nuit sale leur donne au moins cinquante. Lourdement maquillées, elles portent les mêmes pantalons à pattes d'éléphant. L'une est un peu plus grande, les cheveux coiffés en « grandes vagues » ; l'autre secoue ses deux nattes en faisant danser son foulard sur sa poitrine. Elles frappent le trottoir de leurs talons hauts, sur un rythme agaçant.

Le Petit Wei les regarde s'éloigner. Allez vous faire baiser ! Quel courage ! Avez-vous vu votre père coucher avec votre mère ?

Il crache en direction des deux filles, mais un coup de vent rejette sa salive refroidie sur sa propre figure. Il s'essuie avec sa manche en détournant la tête.

Devant lui, sous un acacia squelettique, une vapeur blanche s'échappe d'une porte étroite, répandant une odeur de mouton et de fleur de ciboulette pourrie. « La Marmite mongole », lit-on à la porte de ce bistrot.

« Bistrot privé ! », pense le jeune homme en y entrant.

Il fait sombre à l'intérieur. Sept ou huit paysans dînent autour d'un fourneau sous une faible lampe rougeâtre. Leurs vestes matelassées en coton, sales et épaisses, les transforment en bouddhas de terre, sauf qu'ils font des bruits appétissants en lapant leur soupe et en faisant claquer leur langue contre leur palais. Dans un coin, quatre jeunes gens jouent au *hua quan* pour se faire boire mutuellement. Sortant l'un après l'autre les doigts d'un geste brusque, ils crient des mots indécis d'une voix pâteuse.

Le Petit Wei avale sa salive, s'assied sur un tabouret, non loin du feu, et appelle la serveuse.

« Une livre et demie de viande ! »

Une fille aux pommettes saillantes, vêtue de blanc sali, arrive, tenant un cahier à la main. Elle jette un regard sur le jeune homme et sourit entre ses dents blanches :

« Cinq yuans et six maos. »

Le Petit Wei sort les billets de sa poche. Il tire l'un des plus grands et en frappe la table.

« Et une demi-bouteille d'alcool ; *Er-Gou-To !* ajoute-t-il
d'une voix élevée, comme celle d'un homme riche.

— OK ! »

La serveuse s'empare du billet et s'en va en roulant des fesses.

Le Petit Wei ferme les yeux. La fumée le pique. Il glisse le reste
de la liasse dans sa poche, en pensant : « Je suis libre maintenant. »

Les cris des quatre garçons sont de plus en plus bruyants. L'un
d'entre eux, en sortant brusquement son poing, a frappé au visage
celui d'en face. Des injures fusent parmi des bris de verres.

Le Petit Wei s'imagine combien on peut tirer de plaisir de ces
injures gratuites. Devant lui, des flammes sautillent dans le
fourneau et lèchent la pénombre élastique qui s'étend entre
chaque saut du feu.

五

Sur le sol, les lampadaires tirent son ombre, tantôt longue et fragile comme une girafe, tantôt trapue, tache noire qui bouillonne entre ses jambes. Liang sent que l'inquiétude le coince : il ne lui reste que ce soir et demain. Il doit d'abord trouver Chou à la faculté de philosophie, puis rassembler sa bande de la revue littéraire. Ils chercheront ensuite chacun de leur côté d'autres amis, roulant une boule de neige qui pourrait être immense, mais sans noyau ni tige. Si la police fonce, on disparaît d'un seul coup. L'enquête qui s'ensuivra n'aboutira à rien. Organiser sans organisation, voilà comment il convient de réagir contre le système qui consiste à « attraper la tête des dragons ».

Liang hâte le pas en se dissimulant parmi la foule, sous la plaque rouillée qui marque la station d'autobus de la ligne 332.

C'est l'heure où il y a le plus de passagers et celle où on trouve le moins d'autobus. La foule s'accumule en silence. On dirait qu'elle est gelée. Ouvriers et fonctionnaires s'alignent, vêtus de gris, leur serviette sous le bras. L'épaisseur de leurs vêtements accentue la résignation de leur corps. Pour montrer une impassibilité vertueuse, chacun affiche son masque, ne faisant que respirer pour vivre, pour survivre.

Pas d'autobus. Liang se sent piqué par une colère mêlée d'impatience. Avalant sa salive, il cherche une connivence dans le regard des autres. Sur ces visages pâles, fatigués, quelque peu sales, se discerne difficilement une expression, pas même une trace du désespoir. Liang a l'impression que les gens ont quitté leur corps. Ce n'est pas eux qui attendent, mais leur dépouille abandonnée. Au fond d'eux-mêmes, ils se moquent de l'insensibilité de leur corps et se réjouissent de les faire attendre encore plus, toujours plus.

> *Un arbre sort de la forêt, le vent le brise*
> *Un dos d'âne se pose sur la plage, l'eau l'emporte*
> *Un oiseau dépasse ses compagnons, le chasseur le vise*
> *Un homme émerge de la foule, la foule le maudit...*

Ces vers, qu'il a lus un jour chez sa fiancée Xué-Yan, dansent de nouveau devant ses yeux, reconstitués par les touches de lumière de cette lampe à mercure qui se trouve devant la foule. Liang se voit seul, minuscule, telle une fourmi qui aurait l'intention d'abattre un arbre robuste. Désespoir. Ses yeux se troublent de lumière ou de larmes. D'anciennes maximes lui inspirent une haine qui monte craintivement en lui, la haine du péché qu'il n'ose s'avouer :

« Je hais Confucius », se dit-il, les larmes aux yeux.

L'autobus apparaît enfin au bout de la rue, avec ses deux phares à peine clairs, pareils aux yeux du dragon de la danse populaire. Sa tête lourde, écervelée, avance avec indifférence.

La foule se dégèle tout d'un coup. Abandonnant ses masques, elle s'élance d'un mouvement et recule d'un pas. Un tourbillon de chair humaine. Ceux qui n'ont pas suivi ce mouvement sont jetés hors de la masse comme la marée élimine ses cailloux. Vous êtes professeur ? Sage ? Homme de bien ? Vous aimez paraître digne et élégant ? Eh bien, vous n'avez plus qu'à attendre le prochain bus qui n'arrivera pas avant une demi-heure.

Liang se ressaisit et, de deux coups de coude énergiques, se place devant les autres. Un bruit strident. L'autobus ouvre insolemment son ventre et suce les gens comme le dragon avale la mer noire. Encore quelques coups de coude, d'épaule et de cul, fendant la masse humaine, Liang entre l'un des premiers dans le bus. Il aperçoit une place assise et s'y jette.

L'autobus est plein à craquer. Mais la moitié de la foule se cramponne aux portières comme des grappes de raisin.

« Entassez-vous au fond ! » crie le chauffeur.

Le bout de son nez écrasé laisse pointer ses deux narines, suscitant chez les passagers une inquiétude quant à la poussière et à l'odeur de l'essence.

« Descendez ! gronde la receveuse de sa voix suraiguë, sinon, personne ne part ! »

Encore quelques bousculades, quelques pressions de chair. Les gens finissent par être épuisés. Personne ne tente plus aucun effort. L'autobus ne peut démarrer. Moqueur, le chauffeur saisit sa bouteille de thé et l'absorbe en chantonnant. La receveuse sort son tricot de son sac. On attend pour faire attendre les autres. On s'arme de patience pour impatienter les autres. On domine sa propre colère pour le plaisir de mettre les autres en colère.

Plus d'une demi-heure s'écoule. Ceux qui s'accrochent à l'extérieur finissent par se lasser. Les portières se ferment enfin dans un bruit de pet.

Cris, bousculades, odeurs d'essence mêlées à celle de la chair humaine, le dragon de fer s'ébranle. Cahots, fracas, poussière, Liang se recroqueville sur son siège et serre ses doigts pour survivre à l'impatience.

L'autobus ne s'arrête pour la première fois qu'après avoir passé trois arrêts. Beaucoup descendent. On peut enfin respirer sans toucher les autres. De nouveau des passagers s'engouffrent telle une inondation qui submerge un bateau de papier.

Une femme et un petit garçon pénètrent les premiers et se placent à côté de lui. Les gens s'entassent derrière. L'enfant se retrouve presque dans les bras de Liang. La jeune femme se renverse en arrière pour faire une place à son enfant. Mais le petit garçon continue à avancer dans les bras de Liang qui comprend le jeu : il doit céder sa place à cet enfant.

« Oh ! Ne bousculez pas, il y a un enfant ! » crie la jeune femme en lui jetant un regard significatif.

Une fureur bouche la gorge de Liang. Il n'ose pas croiser le regard de cette femme. Une grande confusion le presse. Liang allait se lever quand il remarque que le petit garçon a au moins six ou sept ans. Bien nourri comme les enfants uniques, il est assez fort pour se tenir debout. Cette remarque, plus une raison qu'un prétexte, le décide à refuser de céder sa place.

Le petit garçon est plus troublé qu'exaspéré. Il n'arrête pas de bouger en fixant Liang de ses yeux interrogatifs. Liang le regarde aussi, d'un air presque méchant, en pensant combien de fois cet enfant a abusé de la convention sociale, de la bienveillance des grands pour épargner ses forces. Toute une génération d'enfants gâtés... Liang imagine avec dégoût comment serait la Chine si, un jour, ces gens assumaient les devoirs de la société, eux qui, comblés dès la naissance, égoïstes jusqu'aux os, sans sens de l'amitié et du sentiment fraternel, ne connaissent que la faveur des autres sans compter sur leurs propres forces.

« Le ciel a voulu... »

Liang éprouve une immense tristesse en pensant à ces symptômes de la fin de l'« Empire ». Le petit garçon ne peut supporter cette insolence et, après quelques gestes exagérés, se tourne vers sa mère en criant :

« Porte-moi ! Porte-moi ! »

La jeune femme pousse un soupir et prend l'enfant dans ses bras en jetant sur Liang un chapelet de coups d'œil, chargés de fureur et de reproches.

Cahots. Le garçon dans ses bras, la jeune femme tient difficilement debout. Elle se heurte contre tous les passagers et attire l'attention. Ecrasé par les regards, Liang entend des chuchotements. Mais il décide de maintenir son parti pris. Sans scrupule, il plante son regard plutôt méchant que sévère sur la femme qui semble se troubler et ne plus rien comprendre. Elle finit par renoncer à cette lutte qui devient absurde. Portant toujours l'enfant, elle se met à côté d'un vieillard, assis devant Liang.

Le vieillard se lève, sourit et cède son siège. Le petit garçon rit malicieusement pendant que sa mère s'assied.

« Merci beaucoup, il y a encore de bons cœurs dans ce monde. »

Le vieillard sourit encore ; contraint, il se tait dans le noir.

Le bus s'ébranle après un feu rouge. Liang se sent attaqué par une haine sourde. La femme, assise devant lui, est en train de l'insulter comme ceux qui ont assisté à cette lutte silencieuse. Il se voit comme un chien tombé dans l'eau, noyé sous un torrent tumultueux et uniforme, venu des ancêtres confucéens, qui déferle vers on ne sait où.

C'est une habitude qu'il a prise pendant la guerre. Zhang n'a pas la notion du temps et ne sait pas consulter l'heure. Sa vraie montre, c'est son estomac qui, très exact, l'avertit toujours par un léger tiraillement.

6 heures et demie, l'heure de rentrer à la maison. Il regarde son téléphone et hésite : la réponse qu'il attend ne peut arriver si tôt, il n'est pas obligé de l'attendre. Pourtant sa conscience professionnelle l'empêche de quitter son bureau.

Ses secrétaires sont parties. Dans cette grande pièce de style russe, Zhang se sent minuscule derrière son gigantesque bureau chargé d'innombrables dossiers, d'appareils de téléphone rouges et noirs. On a installé récemment un interphone, une boîte en forme de tamis, qui lui rappelle les cages à sauterelles de son enfance, sauf la sonnerie qui ressemble au cri d'un chat qui aurait la queue coincée. Autour de lui, tout est électrifié, même sa secrétaire personnelle qui, depuis l'installation de ces appareils, s'agite à un rythme de plus en plus vif et précipité. Elle n'a plus sa voix douce d'autrefois, parle sèchement comme un violon chinois brisé. Venant de moins en moins souvent le voir dans son bureau, elle aime utiliser les techniques modernes et l'avertit avec sévérité de la moindre chose. Il a perdu tout plaisir à son travail. Une nostalgie mêlée d'une vague tristesse lui ronge le cœur. Nostalgie du passé, du temps de guerre où, sous la menace permanente de la mort, ses camarades nouaient entre eux, chefs et soldats, une amitié profonde, un sentiment de sang et de chair, une relation « de main et de pied » comme on disait autrefois. Maintenant tout a changé : les anciens camarades utilisent de plus en plus de notes au détriment de rencontres personnelles. Le téléphone en tient lieu. On finit par ne plus connaître la voix de celui qui vous a sauvé la peau et de celui que l'on a sauvé pendant tel ou tel combat. Zhang se sent désemparé : hier encore, le responsable du matériel de bureau est venu lui parler de l'installation d'ordinateurs, et de l'informatisation des bureaux du Comité central du Parti et du gouvernement. Avec ces écrans et ces câbles, ils veulent, s'il a bien compris, transformer le Parti en usine. Le personnel est excité comme si l'on ne pouvait appliquer la ligne marxiste qu'avec ces machines. Ils y attachent tant d'importance que Zhang ne peut s'empêcher de se demander si ce ne serait pas un moyen de se débarrasser des vieux cadres, anciens combattants communistes qui, malgré leur âge, se cramponnent au pouvoir ?

> « *Le Parti demande à ses vieux combattants, ses fondateurs, ses plus grands méritants, une dernière et suprême contribution : cesser de travailler, quitter leur poste et aller se reposer !* »

Son estomac le tiraille. Il doit être 7 heures. Il faut rentrer à la maison. Zhang ferme son dossier et allume une cigarette. Depuis quand ce plaisir de rentrer à la maison est-il devenu une habitude machinale, une obligation quotidienne ? Il ne se rappelle pas. C'est triste, il lui faut avoir faim et penser au repas du soir pour se donner la force de retrouver sa maison. Zhang ferme les yeux et essaie d'imaginer le repas que sa femme lui a préparé : du porc au gingembre, un morceau de poulet fumé et surtout une bonne bouteille de vinaigre de sorgho. Ah ! Il adore ça ! Les provinciaux des montagnes de l'Ouest n'aiment que leur vinaigre. Le président Mao, qui était du Hounan et qui appréciait le piment, voulait de son vivant fonder une association des amateurs de piment parmi les dirigeants du Parti. Zhang a failli proposer de fonder celle des amateurs de vinaigre. La plupart des hauts cadres du Parti étaient originaires du Hounan et du Shanxi. La seule différence : les membres de la première association auraient été des dirigeants et ceux de la seconde des secrétaires. A cette époque, chacun prenait ses repas au bureau. Passionnés par la construction d'une nouvelle République, ils avaient perdu la notion de la famille. Leur famille était l'armée révolutionnaire.

Zhang était alors secrétaire du secrétaire du président Mao. Il considérait son travail comme plus essentiel que sa vie. Il ne rentrait jamais chez lui avant minuit. Si, par hasard, il revenait tôt un soir ou tombait malade et devait garder le lit, c'était la fête.

Quelle époque ! On vivait pour quelque chose. La vie avait un but.

> *« Nous devons changer le système de monnaie. Nous devons nationaliser les entreprises. Nous devons envoyer les jeunes chez les paysans pour les rééduquer. Nous devons accomplir la réforme agraire... »*

Le système de monnaie fut changé, les entreprises nationalisées, les jeunes envoyés à la campagne et la réforme agraire eut lieu. On avait l'impression que le destin du pays et le sien, il les tenait dans sa propre main, comme le volant entre celles du chauffeur. Il suffisait d'écrire un mot, de passer un coup de fil, de donner un ordre pour que les choses prennent le sens voulu. Bons coureurs sur le chemin menant à un but, il ne leur restait qu'à foncer !

Maintenant, le président Mao mort, il n'avait obtenu que « sept points positifs et trois points négatifs ». Il s'agissait d'un jugement de son meilleur élève. Le destin, à l'insu et à la surprise de tous, avait poursuivi sa voie. On a eu beau essayer de le diriger, de l'orienter, le destin, mû par une force mystérieuse et invincible, s'échappe et tourne vers l'inconnu. Des troubles politiques, des crises économiques, de la corruption et de la bureaucratie partout, des plaintes dans le pays.

Le destin sécrète sa propre direction. Zhang a mis une vie **à le** comprendre.

« Dans quelques années, j'aurai rejoint le vieux Marx... » Dans le Parti, les vieux parlent ainsi, pour prouver qu'ils sont de vrais marxistes ou pour donner à la vieillesse une couleur gaie en la voyant de cet œil moqueur. Lui, Zhang, un jour, inscrit sur la liste du vieux Marx dans le monde d'au-delà, sera gêné devant la question que lui posera le Maître :

« Qu'as-tu fait de ma théorie ?

— Oh ! Pas grand-chose... »

Ou :

« Une grosse erreur ! »

Encore quelques protestations de l'estomac, plus fortes. Avertissement de la faim ou danger politique ? Il a compris, comme d'autres camarades de son échelon : leurs soupirs et leurs regards ternes les ont trahis. Mais cette perception n'est qu'une armée de mots clandestins qui n'ose affronter personne, pas même elle. Elle se cache au fond du cœur et, comme un corps de partisans sous le règne des envahisseurs japonais, ne s'attaque à l'intérieur de chacun qu'aux moments de tranquillité. Dans le Parti, personne ne l'exprime. Tous continuent à travailler comme si rien n'avait été compris autrement. En revanche, on invente des slogans plus grandiloquents. Lui, si lucide, n'arrive plus à trancher : crier plus fort un mensonge pour qu'il devienne une vérité ou détruire cette vérité qu'ils ont bâtie avec des mensonges démentis plus tard ?

« Qu'un singe saute sur un clavier pendant cent ans, il pourra fabriquer une vérité ! »

Ses crampes d'estomac se multiplient et se transforment en une longue convulsion. Cette fois-ci, Zhang est sûr que sa carrière est en danger. Avec un sentiment de reconnaissance envers son propre estomac, il réprime le tumulte de sa pensée. Mieux vaut ne pas persévérer dans de telles réflexions.

« Il faut que je rentre... »

La vieille bouteille de vinaigre danse devant lui.

Après la mort du président Mao, les gens du Sichouan sont au pouvoir. Ils aiment aussi manger du piment. Mais il ne reste pas beaucoup d'amateurs de vinaigre. La plupart ont été éliminés avec la « bande des Quatre ». Lui seul demeure, car il n'avait jamais été d'accord avec eux. Avec ses idées plus ouvertes, il a gagné la confiance du président du Parti actuel dont il est devenu le secrétaire. Cependant il a perdu la passion d'entreprendre, et n'éprouve aucune joie dans cette vie sans but.

« Avec l'âge, tu deviens si gourmand ! » remarque sa femme.

C'est le seul plaisir qui lui reste.

Zhang tire sur sa cigarette. La force lui manque. Même l'idée de la vieille bouteille de vinaigre n'arrive plus à lui remonter le moral. Un sentiment d'ennui s'installe en lui, qui devient un immense lit de paresse. Il ferme les paupières et voit tourbillonner les innombrables paniers qu'il a tressés dans son enfance. Il était vannier dans les montagnes lorsque l'Armée rouge a traversé son village. Son patron l'a fait suffisamment peiner. Il a rejoint les révolutionnaires. Maintenant il se demande ce qu'il serait devenu sans ce départ. Il s'imagine installé devant des monceaux de paniers, gros et petits, agrémentés d'ornements ou de fanfreluches, que les gens achèteraient pour le travail aux champs. Sa vie n'aurait été qu'une fatigue physique, certes, mais elle aurait servi à quelque chose de tangible, d'utile, de positif. Au moins, il n'aurait pas connu cette mauvaise conscience, cette lassitude qu'il lui faut cacher, même à sa femme et à sa fille. Il n'aurait pas souffert ainsi de devoir feindre d'être gai en rentrant à la maison, il aurait pu enseigner à sa fille, Hong, la technique de ses doigts habiles, répondre à ses questions avec une sincérité paternelle, lui raconter d'innombrables histoires du pays des montagnes. Ils auraient formé une famille heureuse.

Un des téléphones, le noir, sonne à coups de plus en plus pressés, comme un enfant gâté qui réclame ce dont il a envie.

Ce n'est pas l'appel qu'il attendait. Zhang ne répond pas au téléphone noir après le travail. Il sait que c'est sa femme, qui veut savoir s'il rentre dîner. Il regarde le téléphone sonner avec l'impression que ses yeux entendent cette sonnerie aiguë. Alors il les ferme et renvoie le bruit à ses oreilles. Cela devient un jeu. Il commence à éprouver un petit plaisir.

Mais, tout à coup, il se souvient que son chauffeur l'attend. Il faut rentrer, pour son chauffeur, pour sa femme… ou plutôt pour le repas préparé par sa femme.

Au moment où il allait appeler son chauffeur, le téléphone rouge, la ligne confidentielle, sonne lentement, de sa voix rauque, indiquant qu'il mène au pouvoir suprême. L'événement survient au dernier moment. Il a attendu toute la journée l'appel de ce téléphone muet.

« Wouai ?

— Bonjour et bonsoir, mon vieux ! »

C'est son collègue au bureau du Comité des conseillers. Il parle d'un ton tranquille, un peu lent, un peu traînant, le ton d'un homme sûr de soi. Zhang éprouve un sentiment désagréable et regrette presque de ne pas être rentré chez lui à l'heure. Normalement, c'est lui qui devrait parler sur ce ton puisqu'il est du côté du président. L'histoire a voulu inverser les rôles, le bureau du président du Parti doit demander la permission au bureau des conseillers.

« Je t'écoute, dit-il avec bonne humeur malgré tout.

— Le Comité des conseillers a lu le rapport et pris conscience de ce qui s'est passé dans la province de l'Anhui comme dans d'autres villes. Nous estimons que le Parti doit contrôler la situation. En attendant l'enquête, nous devons être vigilants et, en particulier, surveiller de très près les étudiants de Pékin. Les anciens ont dit : " Le mandarin est un bateau, mais le peuple est l'eau, qui peut supporter le bateau mais aussi le couler... " »

Zhang pose le téléphone, étranglé de rage. La réponse du Comité des conseillers n'est jamais nette, comme la cervelle de ses membres saisis d'une envie permanente de pouvoir, mais en même temps d'un manque total de responsabilité. Zhang doit deviner ce qu'il doit faire. Il aurait voulu poser quelques questions : ‹ Qu'est-ce qu'on entend par contrôler ? » Que signifie ce vieux proverbe édenté « Le mandarin est un bateau, mais le peuple est l'eau... » ? Il a su s'en empêcher. Ses questions, malgré le ton indifférent de sa voix, auraient pu être prises comme autant de marques de désapprobation par son collègue. Déformées et exagérées, elles auraient été transmises en tant que protestations aux vieux conseillers. Il n'est qu'un secrétaire, l'autre aussi. Il ne pourra en tirer un mot de plus. Au cours de son existence de secrétaire, il a appris à bien connaître ce métier : un secrétaire représente les yeux, les oreilles, les jambes et quelquefois aussi les mains du maître, mais surtout pas sa bouche. Les autres sont gentils envers vous, mais, vous-même, vous devez savoir combien de bols de riz vous pouvez avaler, sinon le bol serait écrasé. C'est comme du lierre. Si fort soit-il, il ne peut se tenir debout et doit grimper sur l'arbre. Le secrétaire du président n'est qu'un secrétaire ! Tout à coup, Zhang éprouve de la tristesse à l'idée de ne plus se tenir debout, à force d'avoir été un lierre durant sa vie.

« Tant pis ! » Le lierre aussi a sa beauté. Savoir grimper, s'accrocher, monter plus haut que l'arbre... En tout cas, il connaît son métier.

Zhang n'hésite plus. Il écrase sa cigarette, ouvre de nouveau le dossier et même chantonne.

« En voilà pour toute une soirée ! »

Zhang commence à travailler. Tout à coup il se souvient de sa femme. Il compose alors le numéro. Pour répondre si vite sa femme doit attendre tout près du téléphone.

« J'ai une réunion urgente. Vous pouvez dîner sans moi ! »

Il éprouve un soulagement d'avoir un prétexte pour ne pas

rentrer, et s'épargner de cacher sa mauvaise humeur devant sa famille. Il peut ainsi éviter de voir sa fille qui, ces derniers temps, cherche à discuter avec lui. Il a de plus en plus de mal à lui répondre. Au fond, il est heureux de voir qu'elle a grandi, mûri, acquis une indépendance d'analyse et de pensée mais, en même temps, il éprouve du chagrin à penser à leur rupture qui devient inéluctable.

« Le papier n'enveloppe jamais la flamme », dit le proverbe.

Zhang pousse un soupir et secoue la tête pour chasser ces idées. Il prend son stylo et essaie de réfléchir. A partir des instructions qu'il vient de recevoir, il doit arrêter un projet de proposition avant de prévenir le président. Les conseillers méritent d'être vieux pour pouvoir citer ce dicton : « Le mandarin est le bateau, le peuple l'eau. » Zhang se souvient que c'est une phrase qui date de l'époque des Hans, il y a deux mille ans, qu'un lettré avait dite à son empereur pour l'avertir du danger des révoltes de paysans.

七

L'université de Pékin demeure une ville antique à l'époque des Royaumes combattants. De grands immeubles noirs se dressent derrière une muraille coiffée de grillages et de piques. Le portail de l'entrée principale est éternellement fermé, gardé par deux hommes en uniforme de la « Sécurité de l'université ».

Après avoir montré sa carte d'étudiant, Liang pénètre par la petite porte de côté.

« Il faut trouver Chou avant qu'il sorte », pense-t-il en prenant le chemin qui mène à son dortoir.

Il trace de grandes enjambées. Malgré l'angoisse, il n'arrive pas à échapper à cette honte de l'autobus. Il s'imagine coincé dans le ventre du dragon de fer, derrière la jeune femme et l'enfant gâté, critiqué par les passagers qui, en son absence, prennent la liberté de juger un jeune mal élevé, et de se plaindre de la décadence de la nouvelle génération. Ils sont heureux d'avoir une occasion de se sentir supérieurs à celle-ci. Liang regrette d'être sorti de ce bus, il aurait voulu y rester, attendre que tout le monde parte pour dissiper cette brume de blâme. Il aurait pu, avec sa présence, riposter aux attaques muettes des passagers et se serait senti moins écrasé par cette honte qui pèse sur lui comme un manteau invisible. L'espoir d'être compris par l'un d'entre eux n'arriverait pas à l'alléger de ce fardeau : la protestation contre une génération gâtée, le souci du destin et de l'avenir de la Chine, c'est ce qu'il veut faire comprendre aux autres. Aux autres, mais pas à lui-même. Liang se perçoit si profondément qu'il a du mal à se supporter. Il aurait voulu se persuader qu'il avait raison, mais il finit par comprendre qu'on ne se persuade jamais. S'il est difficile de se protéger contre les autres, comment se protéger contre soi-même ? N'a-t-il pas voulu son confort ? N'a-t-il pas choisi de contrer les enfants gâtés, prétexte en réalité pour vivre son égoïsme ? Il aurait dû agir comme ce vieil homme, se plier aux conventions de la société...

« Pourvu que Chou soit encore dans sa chambre ! »

Liang a l'impression que son cerveau se sépare en plusieurs couches dont l'une est angoissée, et l'autre reste dans l'autobus. Il est incapable de la ramener à lui.

Il fait nuit. Il marche dans l'ombre. Au bord de la route. Sous les arbres. Pour se cacher. En vain. Cette honte, mêlée d'un sentiment d'injustice et de mauvaise conscience, l'enveloppe tel un faisceau de lumière qui le met en évidence. Il a l'impression de traîner une chaîne élastique qui le lie obstinément à cet autobus, à cet enfant. Il balance ses deux mains jusqu'à ses fesses.

« Tout est équilibré », se souvient-il presque haut. L'univers est d'un équilibre total : ce qu'on a acquis à l'extérieur, on l'a perdu à l'intérieur et vice versa.

« Ohé, ça va, Li Liang ? »

D'un coup de vent, une voix troue ce voile d'humiliation et l'arrache à ses réflexions.

« ... Oui. »

Dans le noir, il reconnaît le « Vieux Lettré », un étudiant de première année en lettres, qui lui soumet tous les deux jours un de ses poèmes, gémissements pour la plupart, qu'il veut que Liang publie dans leur revue littéraire.

« Veux-tu aller au bistrot prendre une galette ? »

Liang regarde les fenêtres du bistrot universitaire éclairées de l'autre côté de la route. Il a faim. Il aurait accepté. Mais, pour lui, changer d'idées est beaucoup plus difficile que de les réaliser ; comme si sa jeunesse n'était qu'une force à sens unique. D'ailleurs, cette manifestation l'attend.

« Non, je n'ai pas le temps.

— C'est... dommage », dit l'autre en s'approchant encore d'un pas de Liang, puis lui chuchote d'une voix confidentielle : « Tu es au courant de cet événement dans la province de l'Anhui ? »

Suffoqué, Liang ne peut s'empêcher de répondre :

« Un événement de l'Anhui ?

— Chut ! Tu ne sais pas ? "La Voix de l'Amérique" vient d'en parler.

— " La Voix de l'Amérique ˇ ! »

Liang a failli crier de joie. Il s'en doutait pendant la réunion ; car c'est le seul moyen d'apprendre et de faire savoir ce qui se passe à l'intérieur du pays sans être déformé par la propagande. Mais il doit se retenir et faire semblant de tout ignorer : le Vieux Lettré n'est pas un confident.

« Toute l'université est au courant, dit l'autre d'un ton confiant, montrant à la fois la fierté de posséder la nouvelle et son audace. Nous devons faire quelque chose. Nous devons aussi lutter pour empêcher le Parti de Pékin de nous imposer sa liste. Tu vois, Liang, maintenant que les Anhuyens ont lancé cette manifestation, nous devons la propager dans le pays ! Qu'ils se rendent compte qu'ils ne peuvent plus faire ce qu'ils veulent, les gens au pouvoir ! »

Le Vieux Lettré s'exprime avec des gestes très vifs. Liang doit reculer un peu à cause des postillons. Mais l'autre avance toujours d'un pas vers lui pour bien accrocher Liang.

« Nous devons agir dès maintenant ! »

Liang le regarde presque avec admiration. Il est étonné de voir que ce garçon si éloigné d'ordinaire de la politique s'engage avec une telle excitation.

« Tu as raison. Mais nous avons besoin de nous informer. »

Liang se sent odieux de dire cela et ajoute :

« Tu veux venir nous voir demain soir ?

— Volontiers !

— Alors, demain après le dîner, dans la salle de réunion.

— Entendu. »

Le Vieux Lettré l'observe un moment en silence avant de se diriger vers son bistrot, de son pas toujours un peu chancelant.

« Je savais qu'ils allaient tenter de faire ce coup... », se dit Liang en reprenant sa marche d'un pas de plus en plus pressé. La honte l'a délivré dans le noir, Liang est pris de court par cette nouvelle. Il faut à tout prix trouver ses camarades pour programmer l'organisation. L'université étant au courant, il y aura des émeutes car, depuis la manifestation de l'année dernière, les étudiants de Pékin nourrissent une rancune contre les autorités. Ces derniers jours, l'augmentation des prix dans le pays a révolté les citoyens. Cette colère reste à organiser, sinon elle se dévorera elle-même. Il n'en naîtra que des arrestations. Liang ressent sa responsabilité de chef du destin. Il presse le pas.

Devant lui, des bâtiments semblent se renverser en arrière en le fixant de leurs yeux carrés et étincelants de lumières, énormes torches grillagées. Il pénètre dans l'une de ces torches, le bâtiment N 32, et grimpe jusqu'au troisième étage. Devant sa chambre, il sort la clef pour l'introduire dans la serrure. La porte est fermée par un verrou spécial.

Liang se rend compte qu'il a commis une bêtise. Il se détourne et s'éloigne d'un pas silencieux.

« Aujourd'hui, ce doit être la journée de Gao », pense-t-il en descendant l'escalier. Ils sont six à partager une même chambre. Tous ont une petite amie. Pour profiter d'un endroit tranquille, ils se sont arrangés entre eux : chacun dispose de la chambre une soirée dans la semaine, les autres vont travailler dans la bibliothèque et n'ont pas le droit de rentrer avant 11 heures et demie.

« Gao sera furieux contre moi... », se dit Liang en pensant au petit nez écrasé de son amie Jian Ying. C'est une fille de la province de Shandong, où les gens sont connus pour leur amour des poireaux. Devant les hommes, elle baisse toujours la tête et voûte ses épaules en avant, pour cacher ses seins trop gros peut-être. Elle a l'air de quelqu'un qui présente perpétuellement des excuses. « Toujours-des-excuses » la nomment les autres camarades sans que Gao le sache. Liang éprouve une forte gêne en imaginant ce qu'ils étaient en train de fabriquer au moment où il tentait d'ouvrir la porte. Il pense surtout à l'air effarouché de Toujours-des-excuses à leur prochaine rencontre. Gao sera furieux contre lui, c'est certain. Il lui est difficile d'inciter son amie à passer la soirée en sa compagnie dans leur chambre. Elle craint toujours d'être surprise. Avec Liang qui vient de secouer la serrure aujourd'hui, Gao va avoir beaucoup à « moudre des lèvres » pour l'amener à recommencer.

Liang se sent stupide d'avoir voulu d'abord rentrer dans sa chambre. Il aurait dû aller directement chercher Chou au lieu de déranger son copain. En descendant l'escalier, il se rend compte qu'il a beaucoup de chance. Il va chez Xué-Yian lorsqu'il a envie d'elle. Ils disposent d'une chambre dans l'appartement du professeur. Bien qu'ils soient obligés de laisser la porte ouverte et la lampe allumée, ils sont sûrs de ne pas être dérangés. A cette idée, un frémissement le parcourt, Liang se rappelle quand il étreint le corps tendre de Xué-Yian dans ses bras. Il a l'impression qu'elle devient molle, que ses os n'existent plus, et que toute sa personne n'est qu'une odeur parfumée ou une force invisible, un champ magnétique qui éveille chez Liang un désir brûlant.

« Non... pas avant le mariage. »

Xué-Yian refuse de sa voix douce, de ses yeux légèrement allongés. Devant son regard limpide, sa rage se transforme en une sorte de dégoût de soi.

L'escalier se trouve à l'extrémité. Liang, pris de nouveau par la responsabilité de son destin, se dirige d'un pas pressé vers la faculté de philosophie.

Dernier tumulte de la journée, les étudiants, après le dîner, réintègrent leur chambre ou se rendent à la bibliothèque. Liang les dépasse, parvient au bâtiment 39. Chou habite au cinquième étage. Il monte quatre à quatre. En s'approchant de la porte, il entend des voix animées. Il hésite à l'idée que son camarade n'est pas seul. Puis il pousse la porte et s'étonne : sa bande est là, douze garçons, assis de chaque côté d'une table, discutant vivement. Les lampes fluorescentes, au-dessus d'eux, jettent une nappe argentée, écrasant leur figure sans menton en accentuant le bout de leur nez. Chacun dans leur veste ouatée, on dirait douze statues en terre mal modelées.

En le voyant, le silence se fait. Le plus jeune, un étudiant de la faculté de physique, s'écrit :

« Le voilà ! Nous croyions que tu étais parti pour l'Anhui.

— Nous t'avons cherché », dit Chou en le regardant dans les yeux.

Liang ferme la porte et n'ose pas affronter ces douze regards qui se fixent sur lui comme des projecteurs. Il éprouve une chaleur intérieure, née d'une confiance mutuelle. Devant eux, Liang se sent baigné par une compréhension totale, navire sur une eau calme, balancé par la houle des élans communs : c'est l'ossature de son armée ; jeunes, ambitieux, courageux et passionnés, ils sont les meilleurs élèves. Tous ont le sens de la responsabilité du destin et celui de l'amitié. Grâce à eux, Liang peut rassembler un grand nombre d'étudiants à l'université. Combien de fois se sont-ils promenés sur la Grande Muraille, dans les ruines des palais d'été, discutant sur l'avenir de la patrie, la vraie signification de l'amitié, le sens de la vie. Tous sont unis par un idéal : lutter jusqu'à leur dernière goutte de sang pour sauver la Chine de sa misère. Liang et Chou, les plus âgés, prennent en général la tête de leurs mouvements.

Liang avance d'un pas et s'assied à côté de Chou.

« Alors ? demande Chou.

— Après-demain, la grande manifestation, dit Liang d'une voix sourde. »

On n'entend que le bourdonnement des lampes. Ces treize êtres, à peine adultes, s'immobilisent sous cette décision qui leur semble trop lourde. Un geste, la responsabilité tombe de leurs épaules avant de se casser. Le front dans l'ombre des cheveux, ce mutisme fait de chacun presque un homme mûr.

« Le rendez-vous a été fixé place Tien-An-Men. Les étudiants des autres universités viendront nous rejoindre. Nous devons mobiliser les gens dès ce soir. De la même façon : pas de trace d'organisation. Les slogans se limitent à deux principes : démocratie et liberté. Pas de termes excessifs. »

Toujours le silence. Liang n'arrive pas à reconnaître sa propre voix. A peine a-t-il achevé sa phrase qu'il remarque qu'il aurait voulu faire le contraire : leur demander des avis avant de donner les mots d'ordre.

« Moi, je me charge de la faculté de philosophie et de la faculté d'histoire, dit Chou le premier.

— La physique est pour moi », dit le plus jeune.

On dirait qu'il fait un effort pour ne pas pleurer.

« Moi, comme toujours, celle de chimie...

— Les mathématiques et les relations internationales, je m'en charge. »

Chacun a sa tâche. Liang a la responsabilité des facultés des langues étrangères, de la coordination et de l'autoprotection.

« Nous n'avons pas assez de filles pour nous protéger. »

Les policiers ne touchent pas les femmes. Liang pense avec reconnaissance à cette tradition féodale, en même temps qu'un regret le traverse : c'est à cause de cela qu'il n'y a pas de filles parmi leur groupe. Il regarde Chou : il a une petite amie.

« Je vais lui demander d'amener le plus de filles possible. »

Liang a honte en pensant qu'il est hors de question que Xué-Yan le protège. Elle ne sera pas d'accord pour la manifestation. En même temps que sa tristesse, l'image de Hong scintille devant ses yeux. Il éprouve un pincement au cœur. Un regret l'envahit.

« J'essairai de contacter quelques journalistes étrangers », dit-il pour échapper à son accablement.

De nouveau le silence. Personne n'essaie de poser une question. Tout est compris par tous. En même temps rien n'est sûr : manifestants, ils ont en face d'eux la « dictature du prolétariat ». En réclamant la démocratie et la liberté, ils militent en faveur des principaux dirigeants du Parti. Plus ils mobiliseront du monde, moins ils risqueront d'être écrasés, mais plus le crime de la « sollicitation » sera grand. Il leur faut jouer serré. Leur seule façon de s'en sortir : mobiliser le plus de manifestants et se dissimuler. Encore faut-il espérer recueillir l'approbation d'un personnage du Parti. Il y a eu l'exemple de l'Anhui.

« Nous n'avons pas beaucoup de temps devant nous », dit Chou en jetant un regard circulaire.

Un à un, ils se lèvent silencieusement et sortent de la chambre. La porte ouverte fait pénétrer du couloir, à chaque passage, une bouffée de froideur et d'ombre. Liang sent que la chaleur intérieure qu'il a acquise se dissipe. Il ne lui reste que cette responsabilité. Il avait décidé pour tout le monde. A-t-il vraiment le droit de décider pour eux ? Est-il sûr que l'un d'entre eux ne proteste pas contre cette décision qui les enverra peut-être en prison ou à la frontière pour leur existence ? Ils sont si bons ! Il se considère tout à coup comme coupable, et son cœur tremble d'angoisse.

Dans la chambre, il ne reste que Chou et lui, face à face. Le bourdonnement des vieilles lampes devient agressif au-dessus d'eux.

Chou ne le quitte pas du regard, puis demande d'une voix rauque :

« Tu as vu Yao ?

— Oui... »

C'est presque un refus de réponse. Liang ajoute :

« Je pense que tu ne l'aimes pas à cause de l'année dernière. J'y suis allé seul.

— Et pour après-demain, tu es sûr que nous ne serons pas seuls ?

— C'est probable... »

Les étudiants des autres universités leur ont joué plus d'une fois ce sale tour. Ils criaient aussi fort, même plus fort qu'eux, mais au dernier moment, ils ont choisi la lâcheté.

« Je pense que tu ne sais pas non plus la vérité au sujet de l'Anhui, dit-il.

— Non. J'ai peut-être eu tort de décider pour nous tous...

— Oui, mais je ne crois pas que tu aies le droit de faire le contraire. »

Tous les deux se taisent en avalant le reste de leur conversation.

« Nous n'avons qu'à mettre la mer derrière nous pour traverser le fleuve. »

Liang se lève. Il n'a que le temps d'agir, pas celui de constater ce qu'il fait.

« J'essaie de me renseigner sur l'attitude des autorités. Il faudrait savoir combien de barrages de policiers risquent de se trouver là.

— Soyons prudents. »

八

En ronronnant, la luxueuse « Drapeau rouge », voiture spéciale des hauts cadres du Parti, doit se faufiler à gauche et à droite
pour avancer parmi des brouettes de paysans chargées de légumes
invendus, des camions transportant des ordures, et des charrettes
de fumier qui galopent derrière des chevaux effarouchés. Des
deux côtés de la route, les lampadaires couvrent la nuit d'une
lumière jaune et sale. L'atmosphère est sereine. Malgré l'agitation, les querelles au long du chemin, malgré cette saleté
tumultueuse, les gens se sentent tranquilles et contents. Leur
journée fatigante achevée, ils vont retrouver leur maison chauffée
où leur femme les attend avec le dîner servi.

Assis à l'arrière, Wang Juin aurait voulu s'imprégner de cette
sérénité extérieure, celle du peuple oublieux et oublié, mais la
vitre solide de la voiture l'en protège, reste de son désir de femme
l'accroche, dominé cependant par la manifestation des étudiants
de l'Anhui. Pendant un moment, il s'efforce d'associer ces
éléments en leur donnant une coexistence sans les laisser absorber
l'un par l'autre. De ses yeux mi-clos, il contemple la nuit intense,
regarde tendrement Hong à son côté, et ne songe à l'Anhui
qu'avec une distance de mille kilomètres. Il s'est demandé de
quelle façon un grand dirigeant retrouve sa femme après une
journée de soucis politiques. En vain. Il est trop jeune et manque
d'expérience. Il vit mal à la fois son corps et ses idées.

« Ils ont manifesté dans la rue. »

Ce mot gît entre lui et Hong. La voiture a eu beau cahoter,
leurs épaules ont eu beau se heurter, Wang Juin n'arrive pas à
ranimer son désir ni à acquérir un peu de tranquillité.

Hong non plus n'est pas tranquille. Son corps, si velouté et enflammé, d'où émanait tout à l'heure une tendresse, reste maintenant inerte, hostile même. Wang Juin pousse un soupir et se résigne aux cahots.

La voiture tourne encore une fois et s'enfonce dans un chemin de plus en plus désert, vers la grande entrée de l'université. Wang Juin éprouve un léger écœurement. Il se souvient que Liang lui a confié que quelque chose clochait dans la conception de cette luxueuse voiture, un problème de discordance entre la dimension et la vibration ou la vitesse.

« Tu veux aller voir Li Liang ? » demande-t-il tout à coup.

Elle ne lui répond pas, et semble plus nerveuse. Ses yeux étincellent dans l'obscurité.

La voiture entre sur le campus et s'arrête sous l'ombre d'un arbre. Le chauffeur, un jeune soldat, baisse la vitre de séparation derrière lui et attend.

Hong hésite quelques instants avant de prononcer :

« Je veux rentrer chez moi...

— Tu ne veux pas voir Li Liang ?

— Si, mais j'ai changé d'idée.

— Et la manifestation de l'Anhui ? »

Bizarrement, Wang Juin se sent tracassé. Le changement d'idée de Hong le préoccupe.

Dans le noir, Hong ne dit rien. Le jeune soldat a remonté la vitre. L'arrière de la voiture devient plus étouffant.

« Peux-tu demander au chauffeur de me ramener chez moi ? murmure Hong entre ses lèvres.

— Bien sûr, dit Wang Juin déçu. Le problème, c'est qu'il faut voir Li Liang en ce moment ; c'est important.

— Tu exagères ! Je n'ai jamais dit que j'allais voir Li Liang. En plus, j'ai le droit de changer d'idée. »

Voyant Wang Juin désemparé, elle ajoute d'un ton un peu plus doux :

« J'ai tort peut-être... Si tu veux, va le chercher et discuter un peu avec lui.

— Tu veux que j'aille le voir à ta place ? demande Wang Juin précipitamment, comme s'il avait attrapé une bouée de sauvetage.

— Mais tu peux le voir à ta propre place, n'êtes-vous pas amis depuis longtemps ? »

Hong a un geste vague. « C'est elle. » Il n'est pas question d'avoir la moindre complicité ou une intimité avec Hong quand elle décide de se fermer.

« Bon. Je vais voir Li Liang de ma part, dit Wang Juin. Je te raconterai demain... »

Gauchement, la grosse voiture noire fait demi-tour, en zig-zaguant trois fois sur la route étroite du campus. Wang Juin attend que ses phares arrière disparaissent pour se mettre en route. Il franchit les buissons qui séparent la route des bâtiments de dortoir.

Sur le campus, quelques passants le croisent. Ils sont très pressés, le dos courbé, les épaules voûtées, marchant dans l'ombre, rasant le mur, comme des rats pourchassés. C'est un soir d'hiver, sans rien de particulier, sauf qu'il fait moins dix-sept degrés et que c'est un peu plus calme qu'à l'ordinaire. Wang Juin ne s'abuse pas, il ne s'agit que d'une apparence. Il connaît le jeu. A l'université, les étudiants écoutent « La Voix de l'Amérique. » Ils ont certainement appris la nouvelle. Rien qu'à voir leur tête enfoncée dans leurs épaules, leurs mains blotties dans les manches, leurs pieds traînant sur le sol, il devine leur cœur bouillonnant de joie et leur regard rusé sous les paupières. Ces sales types, connaissant la loi de la politique, tentent d'être plus malins et de laisser les autres se compromettre en premier.

« Le chasseur vise l'oiseau qui prend la tête. »

Chacun connaît ce vieux dicton. Le vainqueur sera toujours celui qui dissimule le mieux son indignation. Mais le gagnant des gagnants est celui qui est sans colère ! Wang Juin est tranquille. Il n'est pas pressé. « Plus on est pressé, moins on arrive ! »

Il ne marche pas dans l'ombre, ni au pied du mur. Il chantonne au milieu de la route, en lançant les bras en arrière. Lorsque tout le monde feint l'innocence, il est plus innocent de ne pas feindre.

Il traverse quelques buissons, dont les brindilles rayent son pantalon avec un crissement désagréable, dans la poussière que soulèvent ses grosses chaussures. Il traverse, franchit, surmonte, pour finir par pénétrer dans le bâtiment 32. Il parvient enfin devant la chambre de Liang. Il a voulu frapper mais il remarque un papier collé sur la porte :

> *Inutile de frapper à la porte*
> *Appelez la personne*
> *que vous cherchez !*

« Tiens ! encore une invention », se dit Wang Juin. Il s'écrie :
« Li Liang ! Li Liang ! »
Personne ne répond.
« Li Liang ! Li Liang ! »
Wang Juin craint qu'on n'entende mal à travers cette porte si
bien close.
« Il n'est pas là, merde ! » résonne une voix furieuse à
l'intérieur.
Wang Juin est irrité par cette agressivité. Ce papier sur la porte,
et maintenant on le traite comme un chien ! Il reconnaît la voix de
Gao et demande méchamment en frappant un coup très fort sur
la porte :
« Tu ne peux pas répondre comme un homme ? »
Gao se tait. Wang Juin entend son propre cri résonner dans le
couloir sombre et humide. Irrité par ce silence, il frappe plus fort
et, d'un ton furieux, s'écrie :
« Réponds-moi, s'il te plaît, où est-il ? »
— Je ne sais pas... », gémit Gao.
Il doit avoir reconnu Wang Juin et dit : « C'est la troisième
fois qu'on l'appelle ce soir. Tout le monde le cherche. Vous savez
bien qu'il se trouve très rarement dans sa chambre. »
Malgré sa colère, Wang a éprouvé un plaisir à chercher
querelle, à dominer son interlocuteur, le plaisir de retrouver sa
place légitime face aux autres, celle d'un fils du pouvoir. Il a
voulu continuer, mais une idée l'apaise : tout le monde court
après Li Liang ce soir. Il s'agit sans doute de sa bande de fous du
Lac sans nom. Ils le cherchent sûrement pour cet événement que
prépare l'Anhui. Seraient-ils en train de mijoter un coup ? Les
gens ne sont pas aussi sages qu'on l'imagine. Wang réfléchit
quelques secondes, puis dit d'une voix douce et calme :
« Tu ne peux pas ouvrir la porte, Gao ? »
— Mais... oui. Seulement, attends un peu. »
Gao semble très gêné.
« Bon, ce n'est pas la peine. Je vais le chercher ailleurs. »
En descendant l'escalier, Wang voit deux étudiants sortir des
toilettes. Arrangeant leur pantalon, ils discutent d'un ton enthou-
siaste :
« Bravo, ils ont donc commencé ! »
— Ils ont du culot, hein ! »

— Je me sens honteux d'être étudiant à l'université de Pékin.

— Oh non ! Sans nous ils ne peuvent rien faire. »

Wang ralentit le pas pour écouter la suite, mais les sales types entrent dans leur chambre. Il s'attarde quelques instants et semble entendre des exclamations derrière chaque porte. Wang se sent isolé. Il n'a aucun ami parmi les étudiants, sauf Liang. Il ne peut pénétrer dans n'importe quelle chambre pour discuter. Ceux qui le connaissent lui vouent une déférence distante.

D'un pas nerveux, il sort sans savoir où trouver Li Liang.

Dans la nuit, Wang respire profondément. L'air glacial lui fait du bien. Une passion remue au fond de son corps. Ses jambes tremblent légèrement. Il relève la tête et voit cette même nuit clouée sur le ciel par ces mêmes étoiles scintillantes. Toujours ce noir profond, toujours ce vent glacial. Sept gardes en forme de louche tournent autour de la Grande Ourse qui brille éternellement. Sous cette étoile, là-bas, au sud, au bord du fleuve d'argent, comme la capitale de l'Anhui auprès du fleuve Bleu, quelque chose se prépare, un changement du destin de la Chine. Une manifestation des étudiants de province semble n'avoir aucune importance, mais Wang Juin est bien placé pour le savoir : ils ont été soutenus par quelqu'un au sommet. En réalité, le Parti a manifesté contre le Parti. Quel opéra ! Leurs slogans : « Démocratie » et « Liberté », sont modérés. Wang Juin se souvient de la bizarre attitude de son père ces derniers temps, comme s'il se doutait de ce qui couvait.

« Le moment est venu ! »

Son cœur bat fort. La manifestation de l'Anhui prouve que certains dirigeants ont adopté une manière de faire passer leurs idées et renverser leurs adversaires. Ceux qui militent deviendront plus tard héros de la démocratie... Wang Juin ne peut manquer une telle occasion. Mais, sans Liang, il ne peut rien entreprendre.

Lac sans nom.

Une idée lui vient à l'esprit. Liang ne peut être ailleurs qu'au bureau de sa revue. Ce salaud s'y trouve sûrement, entouré de ses disciples de première année qui, l'air grave, se prenant pour des sauveurs du peuple, sont en train d'analyser la situation en échangeant des propos hardis.

Il faut les trouver avant qu'ils n'aient préparé quelque chose ! Sans hésitation, il se dirige vers le bâtiment 30.

« Oh ! Pardon. »

Une jeune fille émerge du bâtiment 30, les cheveux défaits, deux Thermos à la main, répandant une odeur du jasmin. Wang Juin a failli la heurter.

« Ce n'est rien », dit-elle avec un rire clair, en balançant un peu le corps.

« Elle ne demande pas mieux que je me jette dans ses bras... », pense Wang en envoyant deux coups d'œil derrière lui. Encore une fille laide, a-t-il eu le temps de remarquer malgré le crépuscule. Le bâtiment 30 est le dortoir des étudiantes qui font de la recherche. Pour y être admis, il faut travailler avec un acharnement surhumain, donc il ne peut s'y trouver de belles filles. « Convertir la tristesse en force », se remémore Wang Juin.

La rédaction du *Lac sans nom* se trouve au rez-de-chaussée. Dans le couloir sombre, beaucoup de bicyclettes s'entassent les unes sur les autres, les guidons dressés comme pour accrocher les passants. Wang se réjouit à l'idée que les vélos imitent l'attitude de leurs maîtresses.

En tâtonnant à pas de crabe, il parvient au bout du couloir où se trouve le bureau du *Lac sans nom*.

九

On dirait que ce froid féroce émane de la lumière des lampadaires. La ville millénaire, gelée, change de visage au cours de la nuit. Les rues désertées, les boutiques fermées, les vieilles maisons enfoncées dans leur antique mutisme, comme un immense mollusque hibernant, elle relâche ses muscles, ramène ses tentacules, prête à s'endormir. Seules les lampes au-dessus des arbres, encagées par des branches dépouillées de leurs feuilles, se tiennent en éveil. Des yeux fatigués.

Hong reste figé dans la voiture. Tassée au fond du siège, elle s'efforce de reprendre son calme. La « Drapeau rouge » s'élance en flottant légèrement, comme un ruban noir qui ondule dans l'air. Le vrombissement du moteur rejoint la pénombre en un silence protecteur. On a du mal à réaliser que ce bourdonnement provient de multiples explosions.

La voiture tourne à gauche, puis à droite, puis encore à gauche, et à droite... Un virage à gauche suivi d'un virage à droite, il n'y a jamais deux virages dans le même sens, sinon on ferait demi-tour et on reviendrait sur ses pas. Cette idée provoque chez la jeune fille un rire enfantin qu'elle étouffe en serrant les lèvres.

La voiture passe au pied de la colline de Charbon, derrière la Cité interdite. La tour d'angle, altière sur son coin du rempart, accroche de ses cornes superposées une lune de glace : son seul compagnon en cette nuit solitaire, loin des palais qu'elle protège avec une éternelle fidélité. Hong a le sentiment de se retrouver à une époque lointaine. Guerres interminables, complots de sang et de feu. Horrifiée, elle tourne la tête de l'autre côté de la rue. A travers le rideau semi-transparent, elle discerne, là-haut, parmi la masse sombre du feuillage, un jeune acacia au tronc tordu qu'on a récemment planté à la place du vieil arbre mort où, il y a trois cent quarante ans, s'était pendu le dernier empereur Ming. Dans son enfance, lors de chaque promenade avec sa mère, Hong apercevait, avec appréhension, cet acacia fissuré et grimaçant, attaché par une lourde chaîne rouillée fermée d'un gros cadenas portant l'empreinte impériale. « C'est un arbre criminel, il a donné la mort à un empereur, fils du Ciel », lui a raconté un vieillard rencontré dans le parc. Quelques années plus tard, lors de la Révolution culturelle, on enleva la chaîne à l'arbre pour le réhabiliter en disant qu'il ne s'agissait pas d'un criminel, mais d'un héros de l'évolution de l'histoire. Puis des hommes plus éclairés affirmèrent que cette histoire n'était qu'une légende féodale. Ils arrachèrent le bois mort. Maintenant, on a replanté un arbre au même tronc tordu, mais pour pendre qui ?

Un frisson parcourt le corps de Hong.

La voiture négocie un dernier virage. Hong devine dans le noir l'entrée de la résidence. La voiture s'en approche. Une lampe s'allume soudain, éblouissante. Une dizaine de soldats armés barrent la grande porte de deux côtés. Le chauffeur arrête la voiture devant eux et leur présente une carte qu'un officier examine avec minutie. Hong allait se mettre en colère : « C'est la voiture d'un dirigeant ! » quand les soldats s'écartent et laissent passer la « Drapeau rouge ». La lumière s'éteint, tout sombre de nouveau dans la nuit, cette nuit aussi profonde qu'un gouffre.

La voiture freine devant sa maison. Hong, un reste de frayeur au cœur, descend sans remercier le chauffeur.

La portière se referme avec un bruit sourd. La voiture s'éloigne. La jeune fille n'a pas voulu emprunter le chemin habituel. Sans bruit, elle fait un détour sous les arbres en traversant le jardin, devant la fenêtre de son père. La fenêtre n'est pas éclairée : son père n'est pas encore rentré. Elle a voulu pénétrer dans la maison par la porte de service. Elle constate avec surprise que la petite porte a été verrouillée. Elle cherche à comprendre lorsque, tout à coup, une voix la salue dans l'ombre :

« Bonsoir, camarade Zhang Hong. »

C'est un soldat de garde que Hong reconnaît à son accent de l'Ouest.

« Merci, camarade. Tu es fatigué… »

Hong a appris, dès son jeune âge, comme tous les enfants de ce milieu, à être polie et chaleureuse envers les soldats de la garde. Bien qu'ils soient fils de paysans, illettrés et mal élevés, ils assurent leur protection contre tout danger.

« Non... merci. »

Le jeune soldat fait preuve d'une certaine chaleur. Hong se sent gênée de le laisser seul dans cette nuit glaciale.

« Tu me connais ? demanda la jeune fille, d'une voix douce, malgré elle.

— Non, mais je sais votre nom. On me l'a appris avant de venir...

— On vous apprend tout sur ma famille.

— C'est notre travail. »

Hong allait ajouter un mot quand, subitement, elle éprouve un malaise à se voir bavarder avec un soldat de garde, à cette heure de la nuit. Leur conversation allait devenir dangereuse.

« Je te laisse à ton travail. Bon courage.

— Merci. »

La nuit a rendu rassurante cette voix un peu grossière et disgracieuse. Hong, qui a vite contourné le jardin, entre dans la maison par la porte principale. Sans déranger sa mère chez qui la lumière est encore allumée, elle pénètre silencieusement dans sa chambre. La chambre est surchauffée, Hong étouffe. Avant d'allumer la lampe, elle va régler le chauffage sous la fenêtre. A travers la vitre, dans la pénombre du boqueteau dénudé, elle aperçoit une patrouille de soldats qui effectue sa ronde. Inconsciemment elle se rappelle l'incident, à l'entrée de la résidence : même la voiture « Drapeau rouge » des Wang a été contrôlée. C'est rituel. Dès qu'il se passe quelque chose d'anormal dans le pays, ne serait-ce qu'un avion détourné aux frontières ou la démission d'un haut fonctionnaire du Parti, même dans une lointaine province, on change les soldats de garde à la résidence.

« N'est-il pas stupide de modifier tout le temps les gardes lorsqu'ils connaissent les habitudes du maître ? » demanda Hong un jour à son père.

Son père la regarda un long moment de ses yeux un peu moqueurs, puis, constatant que sa fille ne comprenait pas, il commenta d'une phrase :

« Crois-tu qu'ils sont là uniquement pour nous protéger ? »

Cette phrase lui demeura incompréhensible jusqu'au jour où l'on annonça que la « bande des Quatre » avait été arrêtée par ses propres gardes du corps. Depuis, Hong regarde d'un autre œil ces soldats rustiques et éprouve à chaque changement de gardiens une angoisse indéfinissable.

Devant sa fenêtre passe une grosse voiture noire, bourdonnant comme un cochon malade, les roues écrasant le gravier qui claque et rejaillit contre les murs. Les phares dessinent une double fenêtre dans la chambre et la déplacent vers l'arrière.

« Papa... »

Les yeux de Hong s'éclairent un instant et s'éteignent sous l'effet de sa déception : la voiture s'est dirigée vers la maison N13.

C'est à ce moment-là qu'elle se rend compte qu'elle est en train d'attendre son père.

« Tu ne peux pas cesser de penser à ton père ? Tu dois pourtant savoir qu'en ce moment il est autre chose que ton père ! » Hong entend de nouveau cette phrase que Liang lui avait lancée pendant la manifestation de l'année dernière, lorsqu'elle voulait téléphoner à son père pour qu'il retire la police. Elle lui en voulait de l'avoir si mal comprise, ou de l'avoir trop comprise, jusqu'à un point qu'elle ignorait. Elle s'en rend compte, elle pense trop à son père. Comme tout le monde d'ailleurs. Seulement, son père est le secrétaire du Président. Il est difficile de penser à lui sans évoquer le secrétaire du Président.

Elle ne peut pas oublier la phrase de Liang. Depuis, elle essaie de moins penser à son père, ou cherche à s'en donner une raison. Curieusement, Hong remarque, parallèlement à son changement envers son père, que lui aussi évolue à son égard. Après l'échec de la manifestation de l'année dernière, Hong avait protesté violemment devant son père qui, un sourire amer à la bouche, lui avait répondu.

« C'est un malentendu.

— Un malentendu ! Ce n'est pas possible ! »

Hong tente toujours de poursuivre la discussion, mais elle n'arrache rien de plus à son père qui, énervé et anxieux, ne cherche qu'à la fuir, prétextant des réunions ou des visites. Hong ne le voit presque plus à table. A certains moments, elle avait l'impression que, si elle continuait à le poursuivre, elle allait le perdre, ou trouver un autre homme que celui qu'elle connaissait, doux et plein d'humour. Ce pressentiment d'une évolution de son père, ou plus exactement d'une métamorphose, la freine dans ses élans et aussi, fait germer chez la jeune fille curieuse un goût de la vérité, plus sournois, plus farouche.

Hong allume sa lampe de chevet. Après une hésitation, elle met le verrou sur la porte avant d'enlever son pantalon. Elle trouve dans son armoire un slip propre et change celui qu'elle vient de porter, mouillé. Elle jette un coup d'œil vers la porte et, avec une impression drôle d'être une voleuse, elle porte le slip à son nez et le flaire. Elle ne sent rien, sinon une odeur de chaleur, un peu camphrée : peut-être ne sent-on pas sa propre odeur ? Très vite, comme si elle craignait d'être surprise, Hong cache son slip sous le coussin.

L'esprit incertain, elle s'assied au bord du lit. Elle n'a pas envie de s'allonger et encore moins de se coucher. Ce qu'elle a vécu aujourd'hui la bouleverse tellement qu'elle n'arrive pas à chasser ce frémissement. Le premier baiser de sa vie lui tord la pensée, dont la sensation jusqu'alors méconnue la paralyse. Un torrent brûlant, à partir de sa bouche, arrosait son corps tandis qu'elle ressentait au bas du ventre, aux reins, et jusque dans les jambes, une agréable absence qui s'étendait, tel un chatouillement sans objet, comme si, elle-même, son être se réunissait, affluait à la poitrine, au cœur, abandonnant le reste de son corps. Ensuite, naissait ce désir, fort et troublant, une faim de chair, un sentiment de vide, une envie d'envelopper, d'absorber, de se remplir. Elle se fondait, sa jeunesse coulait sous elle.

La bouche entrouverte, Hong plonge ses mains entre ses cuisses et essaie de retrouver cette émotion, ce désir, afin de les revivre. Imprégnée d'une sensation frustrante, elle n'arrive pas à retrouver l'image de Wang Juin tandis que s'impose celle de Liang avec qui elle était en train de discuter pendant qu'ils étaient encerclés par la police :

« Je ne vois pas pourquoi, d'après toi, je n'ai pas le droit de penser à mon père. Nous manifestons pour réveiller le peuple et pour l'avenir de la Chine. Papa et ses camarades aussi ont lutté toute leur vie pour ce but. Nous devons nous mettre avec le Parti, à côté d'eux !

— Tu te trompes, Hong, avait dit Liang d'une voix grave qu'elle ne lui avait jamais connue, c'est vrai qu'ils ont lutté pendant des années et des années pour le plus bel idéal de l'humanité, mais maintenant les choses ont changé. Malgré eux ou peut-être à leur insu. Un idéal est beau tant qu'il reste un idéal.

Dès qu'on le prend pour la réalité, il se transforme en misère. Leur révolution ne leur a apporté que le pouvoir et non la réalisation de cet idéal. Maintenant, ils protègent surtout leur pouvoir.

— Mais c'est un pouvoir en faveur du peuple !

— C'est beau à dire... »

Hong ne pouvait reconnaître qu'il avait raison. Ce jour-là, le téléphone était bloqué. Personne ne pouvait communiquer avec l'extérieur.

Hong a été exaspérée par la décision absurde du Parti représenté par son père, comme par la lucidité de Liang qui ne lui avait pas laissé la moindre ombre dans laquelle puisse survivre sa confiance et son espérance dans le Parti. Elle se mit à détester Liang et à se prouver qu'il ne s'agissait que d'un malentendu, comme disait son père, et que le Parti valait encore la peine d'être suivi.

« Aujourd'hui, les étudiants de l'Anhui ont pu manifester dans la rue ! »

Elle se renverse sur le lit pour retrouver son calme. Penser à ce qui se passe à l'Anhui allume en elle une autre flamme, plus ardente. Peut-être le Parti a-t-il compris cette fois-ci ?

Hong décide d'attendre son père pour le savoir.

+

Sorti du bâtiment de philosophie, Liang se dirige de nouveau instinctivement vers sa chambre.

« Il ne faut pas... », se dit-il. Il consulte sa montre : 11 heures et quelque, il n'a pas encore le droit de rentrer chez lui. Il fait demi-tour pour se rendre au bâtiment des étudiants étrangers, là il trouvera quelques amis qui le mettront en relation avec des journalistes étrangers. La plus grande prudence s'impose, car le seul fait d'avoir contacté des journalistes étrangers peut lui valoir une peine d'emprisonnement. Depuis des siècles, tout étranger est considéré comme un ennemi. Les autorités ont sûrement renforcé la surveillance. Liang marche le long du bâtiment.

« Li Liang ! C'est toi ? »

Wang Juin sort de l'ombre et se plante devant lui.

Wang est si proche que toute exclamation aurait l'air déplacée. Liang maugrée :

« Comment se fait-il que tu sois là ? »

A travers la nuit rayée des lumières que projettent les fenêtres, Liang essaie de discerner une expression sur son visage.

« Je passais voir un ami, et je tombe sur toi. »

« Ce n'est pas vrai », pense Liang. Wang Juin n'a aucun ami dans ce bâtiment. Il m'attendait. Pour dissimuler cette évidence, il réplique :

« Tu l'as vu, ton ami ?

— Oui, oui... Mais je veux aussi te rencontrer, dit Wang Juin en évitant le regard de Liang.

— En effet, ça fait pas mal de temps que nous n'avons pas discuté ensemble.

— Tu vas où ?

— Je... »

Liang hésite, sans savoir s'il faut lui dire la vérité ou la lui cacher.

« On pourrait faire quelques pas.

— Pourquoi pas ? »

Sans mot dire, ils se dirigent vers le lac, l'ancien itinéraire des promenades qu'ils faisaient ensemble, au moment où ils venaient de faire connaissance. Liang éprouve un certain plaisir à marcher auprès de Wang Juin, surtout en un pareil moment. Ses relations pourraient être utiles à la manifestation, mais il faut aborder le sujet délicatement.

Hors du quartier de l'enseignement, le campus devient calme, presque désert. La nuit et le froid, chassés par les tumultes lumineux des classes, s'entassent l'un sur l'autre sous les arbres. Le vent y glisse sa langue tranchante. Liang resserre son manteau et observe Wang du coin de l'œil. Leur amitié date du début de leurs études universitaires. Un jour, Liang reçut un coup de téléphone, lui disant qu'un ancien ami de son grand-père voulait le voir. Liang avait appris que l'affaire de son grand-père maternel avait été enfin jugée : loin d'être un traître dans l'Armée rouge, il avait été un vrai martyr assassiné par ses camarades sous la pression d'un complot des ennemis. Devant une telle injustice avec un sentiment d'impuissance mêlée de reconnaissance, Liang rendit visite à cet ancien ami de son grand-père. Il fit connaissance de son fils Wang Juin. Les deux jeunes gens sympathisèrent. Liang aimait Wang Juin qu'il trouvait différent des fils de cadres supérieurs. C'était un garçon sûr et lucide, dont l'érudition et la capacité de travail lui plaisaient. Ils eurent bien des discussions sur l'avenir et le destin du pays, et trouvaient tous deux que le système actuel aboutissait à une impasse. Pendant que Liang se lançait dans des luttes politiques, Wang Juin restait à l'écart et paraissait s'en désintéresser.

« Je lutte pour mes idées lorsque je les trouve justes, lui dit Liang le jour où il jugea que leur amitié était assez solide pour admettre cette observation.

— Moi aussi, mais j'aiguise mon couteau en attendant que le mouton s'engraisse », dit Wang Juin avec une maturité surprenante.

Liang le comprit. Seulement il n'arrivait pas à fermer les yeux devant les abus de la société, et se laissait emporter par ses impulsions et ses indignations. Les deux amis commencèrent à s'éloigner l'un de l'autre, leur séparation s'accentua par l'arrivée de Hong.

Wang Juin marche sans entamer la conversation, ni jeter un regard à Liang. Liang commence à s'énerver, mais il comprend que c'est une manière de le faire parler. Il se calme.

« Alors, ça a marché ?

— Quoi donc ?

— N'est-ce pas ce soir que tu as vu Hong ? »

Liang est si direct qu'il se sent gêné. Il rit pour dissimuler son embarras. Se dire que Hong a passé la soirée avec Wang Juin lui donne une pesanteur à l'estomac.

« Comment le sais-tu ? C'était... une invitation tout à fait honnête. »

Wang Juin balbutie en balançant la tête : « Tout à fait honnête... En plus, il y a eu cette manifestation de l'Anhui.

— Quelle manifestation ? »

Cette fois-ci, Liang tremble. Il comprend pourquoi Wang Juin a cherché à le joindre. Cela tombe si juste qu'il se sent pris de court, embarrassé : un choix entre confiance et méfiance.

« Et si je te dis que tu es un salaud ? »

Wang Juin s'arrête de marcher et fixe Liang. A cause de la nuit, ils ne se voient pas. Liang sent sa respiration chaude, une chaleur menaçante.

« Ah ! Tu veux dire pour l'Anhui...

— Oui. Tu ne vas pas m'affirmer que tu n'étais pas au courant.

— Non... Enfin, c'est pour cela que tu es venu me voir ? »

Liang respire avec force, crachant le plus de vapeur possible. Il n'y a qu'un conflit de vapeur blanche entre eux, accentué par quelques lampes lointaines.

« Oui. »

Wang a jeté cette réponse comme une grosse pierre tant elle est lourde dans cette nuit glaciale. Il se remet en marche, vers le lac qui apparaît devant eux comme un désert blanc. Au loin, on entend les grondements du gel. Un patineur nocturne trace un grincement aigu, désagréable.

Liang suit son ami en silence. La franchise de Wang Juin a chassé sa méfiance et lui procure un sentiment de remords. Il n'aurait pas dû lui cacher la vérité. Il a du mal à revenir sur sa parole.

« Je croyais que ça ne t'intéressait plus, la politique ? »

Wang Juin s'arrête au bord du lac et pose le pied sur un rocher. Il demande, sans regarder Liang :

« Liang, tu te souviens ? »

Il y a trois ans, c'est ici même que Wang Juin lui a révélé son secret : « La Chine est depuis toujours un grand pays politique. Les gens ne songent qu'à ça. Au cours des siècles, chaque erreur du pouvoir entraîne la fin d'une dynastie ; jusqu'au parti communiste, ils finissent par comprendre l'art de gouverner : dictature d'un seul parti, organisation stricte du peuple, abolition de la presse libérale, et une armée aveuglément obéissante. Il n'y a plus de fissure dans ce pouvoir. Le Parti est trop puissant pour qu'on puisse le contrer. Notre seul espoir est d'y entrer pour nous y fondre et le transformer par l'intérieur... » Cette perspective avait frappé Liang.

« Oui, je m'en souviens. »

Wang Juin glisse sa main sur l'épaule de Liang, le contemple dans le noir, puis, d'un ton moqueur :

« Ne fais pas le salaud avec moi. »

Liang baisse la tête et demande avec hésitation :

« Tu crois que cette fois-ci on peut faire quelque chose ?

— Il n'y a pas eu d'encerclement de la police à l'Anhui.

— Nous avons besoin de toi, Wang Juin, nous avons décidé de poursuivre cette manifestation à Pékin.

— Vous savez quelle sera l'attitude des autorités ?

— Non, tu es le mieux placé pour obtenir des renseignements, n'est-ce pas ? »

Wang Juin change sa position, met l'autre pied sur le rocher, regarde la nuit. Un coup de vent soulève une mèche de ses cheveux. Liang retrouve ce Wang Juin obscur dont il se sent la proie. Il lui faut combattre cette supériorité pour le côtoyer.

« Nous le ferons ; ne serait-ce que par héroïsme. Le Parti sera favorable ou non, qu'importe ? C'est trop tard.

— Quand aura lieu notre manifestation ? demande subitement Wang Juin.

— Après-demain. Mes amis sont en train de mobiliser les participants. »

Wang Juin attend un moment avant de tendre la main à Liang :

« Cette fois-ci, je serai avec vous.

— Merde ! s'écrie Liang en prenant la main de Wang Juin.

— Je vais me procurer des informations auprès de mon père dès demain matin. Si tu as d'autres tâches à me confier...

— Il nous faut des journalistes étrangers. C'est la meilleure façon de nous protéger et de répandre l'effet de notre manifestation.

— Pas de problème, je m'en charge. »

Zhang sait qu'il y a des gardes derrière les buissons, il fait semblant de les ignorer et se dirige normalement vers sa maison. Trois pas à partir de la portière de sa voiture, cinq ou six dans le sentier avant de franchir les marches de son perron. Zhang essaie de se comporter comme les autres jours. Seulement, il a une vision de lui-même dédoublé comme s'il entrait dans la peau des autres pour se regarder. Sa jambe gauche a craqué deux fois sans lui faire mal. Ce craquement lui donne l'impression que sa chair n'enveloppe plus ses os comme auparavant, et que ses muscles se desserrent dans son corps. Il éprouve une sorte de démangeaison à ses genoux et s'imagine qu'il se trouve peut-être des vides sous sa peau. Ces mauvaises sensations désagréables se dispersent dès qu'il touche le loquet de la porte. Ce morceau de fer glacial lui donne une sûreté, le sentiment de se retrouver chez soi. Pendant longtemps, son foyer n'était pour Zhang qu'un lieu de repos, une sorte d'auberge privée, même pas un restaurant puisqu'il ne déjeunait jamais chez lui. Ce n'est que depuis peu de temps que la notion de maison prend corps. Est-ce en raison des contrariétés qu'il rencontre au bureau ? des aléas de sa carrière ? de ce masque qu'il doit porter en public ? Il éprouve une vraie détente, délivré de cette impression d'être poursuivi, écrasé. Il peut enfin respirer librement, chantonner ou tousser comme il l'entend, insulter ses objets, s'amuser à regarder ses doigts ou fermer les yeux, manger de gros morceaux de viande, lâcher des pets sans se gêner, mettre la jambe gauche sur la jambe droite ou vice versa. La béatitude ! N'est-ce pas cela le communisme ? N'est-ce pas pour ces courts moments béats, ces fragments de vie sans rien faire ni penser, sans contrainte ni fatigue, qu'on a lutté, qu'on a entrepris la Longue Marche, qu'on a chassé les réactionnaires ?

Chaque fois qu'il pénètre dans sa maison. Zhang se sent comme un pied qui émerge d'une chaussure serrée avec laquelle il aurait mené une course d'obstacles. Quelle délivrance ! C'est tout de même bien, la maison ! Il se sent absurde de n'avoir pas voulu rentrer tout à l'heure. La vieillesse, c'est peut-être cela : ne pas vouloir changer d'endroit. Du bureau, il ne veut pas la maison et de la maison, il ne veut plus le bureau. Et, aussi, son plaisir de se retrouver chez lui était gâché dernièrement par son inquiétude devant le comportement de sa fille qui cherchait à se lancer dans des discussions avec lui. Dans le couloir, Zhang jette un coup d'œil sur la porte de Hong. Il est soulagé de constater que sa lampe y est éteinte. Elle dort déjà, grâce au ciel. Il hésite encore un peu devant sa chambre à coucher avant de choisir d'aller dans son bureau : il y avait fait installer un petit lit pour lui seul.

Il pousse la porte. Avant qu'il ne trouve l'interrupteur, la lampe s'allume.

« Bonsoir, papa, je t'attends. »

Zhang sursaute. Hong est assise sur son fauteuil, derrière le bureau.

« Tu m'attendais. Pourquoi étais-tu dans le noir ?

— La lumière me fait mal aux yeux quand je ne lis pas. »

Elle dit cela d'un ton bizarre. Sa position n'est pas normale. On dirait qu'elle a du mal à tenir sa tête sur son cou, car elle s'accoude sur le bureau, les mains sous le menton. De sa personne il ne reste que ce tréteau étrange sur lequel brille un regard inquiétant. Zhang ferme la porte, enlève son manteau, fait quelques pas vers sa fille, et prend le fauteuil d'à côté.

« Tu as quelque chose à me dire ?

— Oui...

— Alors ?

— Maman m'a dit que tu n'es pas rentré dîner ce soir.

— Toi non plus, si j'ai bien compris.

— Non, j'étais chez Wang.

— Les Wang ? »

Zhang croit comprendre. Il se souvient que sa femme lui a parlé de cette relation entre leur fille et le fils de Wang ; il n'y a pas fait attention, jugeant que les enfants étaient trop jeunes. Mais le fait qu'aujourd'hui Hong en parle lui cause un choc. En général, un père et sa fille n'évoquent jamais les relations sentimentales. Peut-être a-t-il trop négligé sa famille, ou au moins a-t-elle quelque chose de grave à lui annoncer... Les jeunes surprennent toujours les adultes.

« Ton oncle Wang va bien, avec son rhumatisme ?

— Je ne l'ai pas vu. Nous n'étions que tous les deux, sur la Colline. »

Hong parle d'un ton scrupuleux, comme si elle cherchait des mots qu'elle ne trouve pas. Zhang a compris ce qui devrait se passer et s'affole. Voyant sa fille bouleversée, il en souffre plus qu'elle et essaie de lui faciliter la tâche.

« Il s'appelle Wang Juin, je crois.

— Papa a bonne mémoire, dit Hong non sans moquerie.

— Ce doit être un brave garçon. Son père et moi nous avons combattu côte à côte pendant presque quarante ans...

— Papa ! »

Hong devine que son père se trompe. Elle le coupe. Zhang se tait et sourit. Il rencontre les yeux de sa fille. Hong est sa fille unique, la seule trace qu'il laissera. A force d'éviter des discussions politiques entre eux, il a failli perdre sa fille qu'il trouve changée ; le vieux proverbe n'a pas tort : toute fille se métamorphose à dix-huit ans. Elle a grandi, mûri. Ses paupières se gonflent, sa poitrine s'arrondit ; la peau de son visage est tellement tendre qu'on n'ose pas la toucher. Zhang éprouve un malaise en se rendant compte que sa fille est devenue une femme... C'est un sentiment étrange, qui lui fait de la peine et qui l'enchante en même temps. Il est vieux, sa femme aussi, leur sentiment, auparavant tendre, s'émousse. Il aurait voulu placer toute sa tendresse sur sa fille, sur son seul trésor, la part la plus précieuse de sa vie. On dit que tout homme porte en lui un fragment de femme. Son côté féminin est devenu sa fille. Il ne lui reste à lui que la dureté. Depuis longtemps la notion de femme, la notion de ce que peut susciter une femme chez lui s'affaiblit, disparaît. Le plaisir de croiser une belle femme se limite au regard alors qu'auparavant, s'il se souvient bien, cela se prolongeait jusqu'à l'extrémité de son corps. Il lui reste beaucoup de tendresse pour les femmes qu'il aime, surtout pour Hong, mais il est obligé de se montrer dur et froid pour maintenir la pureté de cette tendresse. Il est difficile d'être le père d'une si belle fille ! Par quel filtre peut-on liquider cet amour pour qu'il ne soit que celui qu'on destine à sa fille et non à une femme ?

« Papa, tu es fatigué.

— Non, on peut bavarder un peu, Hong. »

Hong hoche la tête. Elle se sent gênée. Il y a longtemps qu'elle ne s'était trouvée si près de son père, qu'elle ne l'avait pas entendu parler d'un ton si intime. Leur relation a été, ces derniers temps, perturbée par un doute chez elle et par une certaine méfiance chez son père. Leur sentiment, comme une rivière, s'est desséché en raison de ce manque de communication. Aujourd'hui la rivière se dégèle et leurs sentiments se remettent à circuler, avec la violence d'une eau bloquée. Hong relève la tête. Son père est devant elle. Cette tendresse est présente, si intense, si évidente qu'elle la dérange. Tant de questions, tant de choses à éclairer, à se transmettre. Elle n'arrive pas à franchir cet obstacle que représente cet amour trop violent, trop fort.

Hong essaie de se recueillir. Il faut briser cette tendresse, redevenir elle-même, reprendre son indépendance. Elle ne doit pas rester seulement la fille de son père, mais devenir aussi une personne, une adulte. Leur conversation devrait avoir lieu dans une sincérité totale, elle devrait être celle de deux personnes qui s'aiment, sans cette tendresse opaque qui brouille tout :

« Papa, je veux savoir...

— Quoi ?

— Ce qui est au fond de ta pensée.

— Au fond de ma pensée ? Sur... toi et Wang Juin ?

— Mais non ! Sur ce qui se passe à l'Anhui.

— Quoi !

— La manifestation à l'Anhui. »

Zhang tourne la tête pour cacher sa surprise, pour atténuer son regard :

« Comment as-tu su cela ?

— Je l'ai appris. »

Hong a un pincement au cœur devant « l'air officiel » de son père.

« Cela t'étonne ? »

Zhang ne répond pas. Il regrette de quitter la tendresse qu'il éprouvait pour sa fille et d'être ramené sur ce sujet détestable de la politique. Il doit prendre conscience de cette réalité frustrante :

Hong n'est pas venue le retrouver pour lui raconter sa vie, mais pour discuter.

« Nous, les étudiants de l'université, nous avons le moyen d'apprendre, bien que les journaux se taisent sur... ce genre de choses. »

Elle a voulu dire « sur la vérité », mais le mot s'est dissipé sur ses lèvres. Il faut faire attention. Elle a devant elle plus un dirigeant du Parti que son père.

« Hong, dit tout à coup Zhang faiblement, si on ne discutait pas de politique à la maison. D'accord ?

— Non. Je veux savoir, papa. C'est important. Les étudiants ont réclamé la démocratie et la liberté...

— Hong, je suis fatigué. Tu n'as pas cours demain ?

— Si, demain matin très tôt.

— Alors, il faut nous laisser dormir. Dormir ! »

Hong regarde son père. L'air entêté et impatient, il se ferme et refuse toute conversation. Hong se rend compte que son père est devenu un vieillard. Soixante-neuf ans. Elle se souvient de son âge. Ses épaules sont voûtées, son dos se courbe, sa peau est fanée, détendue sous sa mâchoire allongée ; surtout ses paupières, sèches et ravagées, comme deux rideaux froissés sur ses yeux, descendent trop bas sur ses joues. Hong éprouve subitement un sentiment de pitié. Sous cet aspect ferme et dur, cette apparence d'autorité, son père est très faible. Il est peut-être cruel d'exiger de lui une réponse à laquelle il se refuse. Il a déjà travaillé une longue journée.

« Papa, je sais que tu es fatigué, mais excuse-moi de te poser une seule question : pourquoi ne veux-tu plus nous parler, à moi et à maman, tandis qu'auparavant tu nous enchantais avec tes idées ? »

Zhang ne sait quoi dire. C'est vrai, c'est lui qui a amené la politique dans la famille ou plutôt la famille dans la politique. Il a endoctriné sa femme, une paysanne illettrée et, dès la naissance de sa fille, il a semé l'idéal révolutionnaire dans son âme. Il lui a expliqué ce qu'est le communisme, une société sans injustice ni inégalité, pourquoi ils sont nés, le sens de leur lutte durant toute leur vie.

« Hong, papa est trop fatigué. On n'en parle plus, au moins pour aujourd'hui. Avant de dormir, je tiens à te dire une chose :

l'histoire de l'Anhui est encore une bêtise, provoquée sans doute par de mauvais éléments. Le Parti ne peut la tolérer.

— Mais, papa, les étudiants n'ont fait que réclamer plus de liberté et de démocratie ! N'est-il pas vrai que dans notre système nous souffrons du manque de cela ? Vous-mêmes, les dirigeants du Parti, vous avez parlé de cette réforme, même Deng Xiaoping nous a promis...

— Ça suffit, ça suffit ! dit Zhang en balançant sa main comme pour nettoyer ce qui vient de sortir de la bouche de Hong. Vous êtes des naïfs, victimes de mauvaises influences. Je répète : cette manifestation est une sottise, le Parti ne peut la tolérer. Vous êtes trop jeunes pour comprendre ce qui est une affaire d'Etat, on ne vous demande aujourd'hui que de réussir vos études. Ayez confiance dans le Parti et comprenez une chose : il est vrai que notre système reste à améliorer, mais cela n'empêche pas qu'il est le meilleur pour l'humanité. Notre économie n'est pas aussi développée qu'en Occident, mais la croissance de l'économie occidentale provient de l'exploitation et de la domination des pauvres. Leur richesse apparente n'est que le fruit de la misère du peuple ; tandis que, chez nous, nous avons au moins l'égalité.

— Papa ! »

Hong se lève saisie par une agressivité, un désir d'attaquer.

« Arrête de me parler comme ça ! Tu sais bien que tu ne crois plus depuis longtemps à ce que tu viens de dire ! »

Poussé par ce torrent verbal, Zhang allait lui répondre mais il se tait en apercevant le visage de Hong déformé par la colère. Elle est terrifiante.

« Je ne suis plus une enfant, je refuse d'entendre des paroles creuses. Je veux la vérité ! »

Zhang ouvre la bouche pour se taire. Il fixe son regard sur Hong comme s'il venait de faire sa connaissance. Il penche le torse en avant et prend un air interdit. Ils restent silencieux avant que Zhang reprenne :

« Tu sais, ma fille, c'est très difficile... »

Hong éprouve une immense tristesse. C'est vrai, il est difficile pour lui d'être à la fois son père et dirigeant du Parti. Elle comprend pourquoi, ces derniers temps, son père lui dit souvent qu'il a été vannier avant de s'engager dans l'Armée rouge. Il préfère parler, en tant que père, des paniers qu'il avait tressés au cours de son enfance misérable que de cette cause pour laquelle il avait lutté toute sa vie. C'est plutôt cruel. Hong se souvient que, dans les familles de cette résidence, les pères en général traitent les enfants de cette façon. Ils mentionnent des choses banales, le prix de la viande et des œufs qui augmente, quelques restaurants qu'ils trouvent bons mais où ils n'ont plus le temps ni le moyen de dîner, certains événements politiques qui ont lieu à l'étranger.

« Papa, je te comprends... »

Zhang demeure muet devant sa fille, le regard absent. Il croise les doigts de ses deux mains, en laissant tomber ses paupières sur ses joues.

« Papa est fatigué... »

Plus rien à dire, tout sera inutile. Pourtant, Hong n'arrive pas à s'en aller. Elle murmure enfin : « Papa, je te comprends. Tu ne veux pas discuter parce que tu devrais avouer que tu ne crois plus à ce qui te tenait le plus à cœur, de quoi tu étais fier comme père. Tu ne peux l'avouer à cause de... à cause de beaucoup de choses. Ne discutons plus, d'accord... Seulement je te demande de nous comprendre aussi. Si vous avez commis une erreur, il faut nous dire laquelle, au moins ne pas continuer à nous y entraîner. Nous sommes jeunes. Les enfants sont l'eau sortie de la rivière des parents. Vous coulez dans votre sens, mais vous voulez toujours que nous, nous nous dirigions vers là où vous ne pouvez plus arriver. Nous avons notre but, il faut nous laisser conduire notre propre vie. »

Zhang hocha imperceptiblement la tête. Il éprouve un faible plaisir à voir sa fille si bien pénétrer la réalité et le comprendre si bien. Mais ce plaisir, si faible soit-il, il ne peut se l'avouer. Ce sera l'écroulement de ses convictions et de son statut, comme père à la maison et comme dirigeant dans le Parti. Il a passé toute sa vie à croire à cet idéal, à militer en ce sens, à l'enseigner aux autres. Maintenant, il finit par comprendre que c'est un mensonge ! Homme politique, il peut dire qu'ils se sont trompés et continuer à abuser le peuple. Mais comme père il n'en a pas la force. La sincérité paternelle exige de dire la vérité. Cette vérité déchire son image.

Hong semble se délivrer de tous les scrupules, elle continue : « Il faut nous laisser mener notre propre vie. Nous luttons pour la démocratie et la liberté, pour une Chine plus prospère ! Tu te souviens de votre jeunesse, des manifestations que vous avez organisées contre le Parti national ?

— Non, Hong, non ! »

Zhang saisit cette occasion pour se réhabiliter. Si le but de leur lutte est faux, au moins la lutte elle-même a été sincère. « Non, ma fille, écoute, nous avons lutté contre les réactionnaires, ce n'est pas la même chose. A l'époque, c'était la révolution...

— Maintenant, c'est aussi la révolution !

— Oui, mais il y a une différence. Nous faisions la révolution pour renverser un pouvoir réactionnaire, pour briser une société pourrie, pour changer le monde. Maintenant nous devons tenir et consolider un pouvoir, notre pouvoir...

— Papa ! C'est votre pouvoir !

— Hong, toi... »

Zhang éprouve un tiraillement dans le cœur de voir que les yeux de sa fille sont remplis de larmes.

« Papa, j'ai l'impression que le Parti met son pouvoir au-dessus de l'intérêt du peuple...

— Tss... Tu coupes les cheveux en quatre. Combien de fois t'ai-je dit que le Parti représente l'intérêt et le bonheur même du peuple ? Sans le Parti, notre famille souffrirait encore de la misère, papa serait un vannier dans la montagne sauvage...

— Oh ! Assez ! crie Hong en éclatant en sanglots. Ce n'est pas vrai, papa ! Tu me traites comme une enfant. Tu sais bien que le Parti a commis des erreurs, entraîné notre pays dans une situation très grave. Regarde ce que font les autres, les pays capitalistes comme vous aimez le dire ; regarde les gens vivre heureux ; regarde notre pays, sous ce système communiste que vous nommez le meilleur du monde. Toi-même, tu as dit l'autre jour à maman après ta courte visite en Europe : " Si j'avais pu savoir que la révolution nous conduirait là, je n'aurais jamais fait cette maudite révolution ! " Tu l'as dit ! Pourquoi ne me parles-tu pas, à moi, avec cette sincérité ? Je suis jeune. J'ai toute une vie devant moi. »

Zhang s'écroule sur son siège.

Hong continue à crier en pleurant : « Pourtant tu es responsable. C'est toi qui nous as fait aimer le Parti, c'est toi qui nous as construit ce palais de mensonges dans lequel nous vivons. Maintenant que vous avez discerné votre erreur, vous voulez la corriger, c'est bien, mais il ne faut pas continuer à nous tromper ! Nous réclamons la démocratie et la liberté pour notre avenir !

Cela vous gêne dans votre pouvoir, et vous nous réprimez à tout prix. Ce n'est pas juste ! Vous n'avez pas le droit ! »

Effrayée, la mère de Hong se précipite dans la chambre, et marmonne de sa voix de vieille femme, rauque et grave :

« Ça ne va pas, ça ne va pas... A minuit, la famille se bagarre ! Les voisins vont se moquer de nous... »

Elle prend Hong par les bras et l'entraîne hors de la pièce. Hong se débat, pleure en criant plus fort :

« Je ne suis pas d'accord ! Vous n'avez pas le droit ! »

Zhang reste sans savoir quoi faire, les yeux agrandis, sans expression.

« Dis-nous la vérité ! Sois sincère ! »

Hong crie encore dans le couloir.

十二

Le Petit Wei a l'impression que sa poitrine est fendue. Chaque gorgée d'alcool est une lame qui, de la gorge, lui ouvre le ventre à l'intérieur. Il sent son œsophage sous ses côtes, sous sa peau, tellement gonflé qu'il ne peut plus respirer en avalant. Son corps s'enflamme comme une torche. Ses yeux crachent le feu là où il promène son regard. La marmite mongole, avec sa soupe fumante, danse comme une pagode sur la table devant lui. Des assiettes entassées lui tournent la tête. Il reprend son verre et le verse dans sa bouche.

« Ah ! non ! »

Une lucidité nouvelle balaie son cerveau : voilà plusieurs fois qu'il boit dans un verre vide.

« Encore une demi-bouteille d'Er-Gou-To ! crie le jeune homme en plaquant un billet de dix yuans sur la table.

— C'est l'heure de la fermeture, camarade... », dit la serveuse en lui apportant l'alcool.

Les joueurs partent en dansant. Trois d'entre eux se sont heurtés contre le chambranle de la porte. Les paysans eux aussi sont partis. Il ne reste que des tables portant des assiettes à moitié vides. Le cuisinier sort dans la salle et commence à fermer le fourneau.

« Il faut partir ! » Le Petit Wei avale encore un coup et regarde l'homme mettre la boue de charbon sur le feu.

Se rendant compte du danger, les flammes sautent follement, grondent de leurs voix sourdes, crachent la chaleur dans la salle. L'homme tape à coups de bêche, chargée de la boue noire, de plus en plus fort, de plus en plus lourd. Les flammes deviennent minces, elles mugissent, gémissent et se resserrent pour tenir leurs petites têtes rouges dressées. Encore des coups de bêche, des morceaux de boue noirâtres s'entassent sur la bouche du fourneau. Les flammes, avec un dernier sursaut, un dernier cri, s'étouffent en lâchant une vapeur bleuâtre qui s'élève tristement sous la lumière.

Le Petit Wei s'étouffe lui aussi. Le regard sur le fourneau, il ne peut respirer qu'avec les sauts des flammes. Il ferme sa bouche et son nez, il sent ces flammes s'attaquer à son corps. Ses yeux commencent à sauter sous le choc de ses feux intérieurs. Son crâne va quitter sa tête. Pourtant il tient sa gorge fermée et regarde l'homme les yeux haineux, les dents serrées.

Avec indifférence, l'homme met sa bêche à côté, et prend une barre de fer pour trouer la croûte qu'il vient de bâtir. Tout de suite, une mince flamme saute, haute, faible, tenant sa tête rougeâtre qui se hisse, se hisse sans cesse.

Le Petit Wei ouvre une fente à sa gorge et respire. Il a dû placer ses deux mains sur la tête pour que son crâne n'explose pas.

« Ohé ! On ferme », crie l'homme en passant devant le jeune homme.

« Il faut partir. » A travers sa cervelle, cette phrase trace un va-et-vient entre ses oreilles, aussi brûlante que les gorgées d'alcool dans ses intestins. Il doit tenir fort ses mains pour ne pas frapper les assiettes et éviter de renverser la table.

« Ohé ! Camarade ! » lance le patron, la main sur l'interrupteur d'électricité.

Le Petit Wei tire ses paupières pour s'essuyer les yeux, afin de donner un peu d'humidité à ses pupilles. Il avale le reste de la bouteille et se lève. Péniblement, il met sans cesse ses jambes l'une devant l'autre pour attraper sa tête qui lui échappe.

A peine sort-il du bistrot qu'on éteint la lampe. Ce noir subit arrache Wei à un monde de chaleur. Le voici dans la rue glaciale. Un vent souffle sur ses flammes, une caresse fraîche baigne son corps. Où se diriger ? A sa gauche, sa chambre où son père est sur sa mère et, à sa droite, le Grand Timonier suspendu devant la plus grande place du monde. En regardant son mausolée, Wei avale ce vent glacial pour éteindre le feu au fond de lui ou pour oxygéner ses flammes. Il tourne la tête et sent que son estomac remonte au bout de son œsophage ; il en éprouve un écœurement et vomit. Il s'écroule au pied du vieil acacia.

Un nuage blanc flotte, comme un gros morceau de coton. Des montagnes brumeuses vacillent sur le chemin. Un drapeau rouge, portant l'étoile et la torche, danse sur l'épaule du Petit Wei :

Nés sous le drapeau rouge
Grandissons sous le drapeau rouge
Qui pourrait être aussi heureux que nous
Notre bonheur est le plus doux

Le Petit Wei dirigeait son équipe de jeunes pionniers communistes au cours d'une excursion dans les montagnes de l'Ouest.

« Le beau soleil en hiver, la mer en été, les fleurs du printemps et la lune en automne, qu'est-ce que tu choisis ? » lui demanda tout à coup sa copine, « Tournesol », qui tournait toujours la tête lorsqu'il lui parlait.

« Je choisis la pensée Mao Zédong !

— Mais c'est un coq-à-l'âne !

— Mais oui, je choisis la pensée Mao Zédong et non ces trucs de bourgeoisie ! » décida le Petit Wei.

La petite Tournesol s'éloigna...

Une saute de vent gifle le vieil acacia dont les branches dénudées craquent au-dessus de sa tête. Quelques brindilles de bois mort tombent sur ses épaules. Le Petit Wei plonge sa tête entre ses cuisses, ferme ses genoux dans les bras. Avec un brusque frémissement, il vomit encore un grand coup.

« Il faut partir, il faut partir ! » Mais où aller ? A sa gauche, son lit derrière un drap suspendu, à sa droite, la grande place Tian-An-Men. Le président Mao est mort, il a en vain choisi sa pensée. Il faut partir, d'autant plus qu'il a vomi à ses pieds. Mais où ?

« Tu vois, là, mon petit, cette montagne au loin. Inaccessible ! La " Barbe blanche " se fait entendre.

— La montagne est proche, mais le cheval meurt déjà de courir. Le vieux dicton a raison. »

Le vieillard à la barbe blanche avait levé son doigt courbé pour leur montrer la voie :

« Si vous voulez rentrer en ville, il faut passer par là, absolument...

— Et vous, grand-père, nous ne pouvons pas vous suivre ? Il fait si tard, vous ne rentrez pas à la maison ? avait demandé le

Petit Wei à ce vieillard bizarre, rencontré juste au moment où ils s'étaient perdus dans les montagnes.

— Non, je continue ma recherche, avait fait le vieux en regardant au loin, sa barbe blanche flottant dans le vent.

— Vous cherchez quoi ?

— Hé, hé, hé, hé…, rit le vieil homme de sa voix cassée. Je cherche quelque chose de vrai ! »

Le Petit Wei, perdu dans ses pensées, avait regardé là-haut la cime inaccessible.

Un camion qui ramasse des ordures passe, répandant sur sa route ses charges dans un fracas de ferraille. Le Petit Wei resserre ses genoux sur ses oreilles pour que le fracas ne chasse pas le vieillard à la barbe blanche dans sa tête. Il ferme aussi fort les paupières pour ne pas lui laisser une autre sortie.

Enfermé dans son crâne, la Barbe blanche recommence à lui parler : « Tu veux savoir, mon petit ? Eh bien, je te dis, à toi seul, qu'il y a un trésor dans cette montagne, là-haut. Un trésor qui donne le vrai bonheur… Hé, hé, hé, hé… »

« Un trésor qui donne le vrai bonheur. » Le Petit Wei relève la tête.

Devant lui, il ne voit que la nuit noire trouée par la lueur des lampadaires lointains.

十三

Depuis quand éprouve-t-il ces difficultés à dormir ? Li ne s'en souvient plus. Est-ce un signe de vieillesse ou, au contraire, signe d'un surplus d'énergie ? Chaque nuit, Li trimballe ces questions d'un coin à l'autre de son cerveau, en même temps qu'il se tourne comme les vieilles à la campagne font des galettes dans une poêle. Depuis qu'il a franchi le seuil de ses cinquante ans ou qu'il occupe la place du numéro un dans le district ? Ou plus tôt, depuis qu'il a compris une bonne fois ?

A cette idée, Li sursaute en respirant un grand coup qu'il réprime par crainte de réveiller sa femme qui dort profondément à son côté, et dont le ronflement l'énerve et le rassure. Si elle était éveillée, elle lui demanderait : « Qu'est-ce que tu as ? » Et il ne saurait quoi répondre. L'idée qui vient de surgir dans sa tête et qui l'a fait sursauter ne peut être communiquée à personne, même pas à sa femme avec qui il a tout partagé, le bonheur et le malheur, pendant presque trente ans. Il ne peut laisser apparaître cette idée que dans la nuit profonde où tout dort. Secret néfaste qu'il a caché après l'avoir découvert et qu'il n'entrevoit qu'un bref instant chaque nuit pour le mesurer. Même cela ne peut l'empêcher de sursauter car cette idée est monstrueuse. Il aurait préféré mourir plutôt que de la reconnaître, de l'avoir comprise, et de s'avouer l'avoir comprise.

Là, Li bute. Sa pensée se fige. Il ne peut continuer à discuter contre lui-même. Il tourne le dos, se presse un peu contre le mur. Il rouvre les yeux puisqu'il n'arrive pas à s'endormir.

La nuit à la campagne est calme, trop calme. C'est un calme qu'on perçoit. Si l'on écoute, on n'entend rien, rien qu'un silence, un silence qui met tout en évidence, d'abord le ronflement de Wang à côté, puis le murmure du vent dans les branches sèches et dénudées, et puis... plus gênant, les idées que l'on a dans la tête, même très profondément enfouies.

« Tu peux mourir les yeux fermés, mon vieux ! » Ses anciens camarades le lui répètent dans la région. En effet, il devrait être content, sans souci. A peine dépassé la cinquantaine, il a encore devant lui un bout de jeunesse et une très bonne santé. Son fils est déjà inscrit à la meilleure université du pays et sa fille, étudiante en médecine dans un hôpital près de la maison. Il est le secrétaire du Parti, le personnage suprême du district. Les montagnes sont hautes, l'empereur est loin, lui seul est le roi de cette région aussi vaste et peuplée qu'un petit pays d'Europe. Mais comment être tranquille lorsqu'on a une telle idée dans la tête ? Li y renonce en se disant : « A quoi bon ? » Puisque le riz est déjà cuit et l'œuf cassé, il n'a qu'à les avaler ! Il a peiné jour et nuit pendant trente-cinq ans, il a conquis cette place de roi régional, il n'a qu'à en profiter. A quoi bon s'interroger ? Même si le postulat de départ était faux, que faire sinon le maintenir ?

« A quoi bon ! » Il pousse un soupir en fermant les yeux. Mais non ! Cette attitude irresponsable l'inquiète davantage, il n'est pas seul au monde, il a un fils, Liang, à qui il croit devoir quelque chose, la vérité. Fils de paysan, Li estime qu'un être humain représente un anneau dans la chaîne de la famille, et qu'on vit surtout pour la prospérité de cette chaîne familiale. C'est pourquoi, maintenant qu'il atteint la fin de sa carrière politique, il pense plus à Liang qu'à lui-même. Si sa propre vie est oblitérée par une erreur, il ne veut en aucun cas que la vie de Liang soit gâchée de la même façon. Sinon une catastrophe s'abattrait sur le champ de tombes de la famille Li. Comment supporterait-il sa honte devant les ancêtres qu'il rencontrerait sous terre, une fois mort ?

Li garde les yeux clos. Cette fois-ci, il revoit sous ses paupières l'image de Liang : d'abord, le bébé affamé qui pleure à bout de souffle, réclamant la mère sans lait, et qu'ils nourrissaient, lui et Wang, avec de la pâte de blé, l'enfant chétif de Xin Zhouang, le village primitif où il avait entraîné la famille, maigre et sale, qui erre dans les champs de sorgho, trois années de vraie misère : Li et Wang ramassaient la nourriture en travaillant la terre. Liang élevait des lapins pour gagner un peu d'argent de poche. Il devait se lever très tôt le matin. Ensuite, se produit cette scène qu'il n'oubliera jamais : au printemps 1974, alors qu'il était déjà réhabilité, le Parti donna l'ordre d'envoyer à la campagne tous les jeunes pour être rééduqués en pauvres paysans. Personne, dans sa région, ne voulait envoyer ses enfants croupir dans la misère. Sa fonction de préfet était menacée s'il n'arrivait pas à envoyer des élèves se faire rééduquer à la campagne.

« Demain, je pars », dit Liang un soir en rentrant à la maison.

Li reçut un choc dans le plexus. Wang faillit éclater en sanglots. C'était trop injuste ! Liang venait de sortir de la campagne.

« Non, je suis pas d'accord.

— Il faut que je donne l'exemple. C'est toi le préfet. Si je ne pars pas, personne ne partira. »

Il avait raison. Li ne pouvait supporter que son fils dût souffrir encore une fois pour lui. Il avait causé trop de malheurs à sa famille en voulant faire du bien aux autres.

« Non. Tu ne pars pas.

— Le Parti va te limoger.

— Tant pis. J'aimerais mieux renoncer à cette maudite fonction et passer encore trois ans dans la misère que de t'envoyer tout seul là-bas. »

Liang le regarda dans les yeux, puis dit :

« Est-ce que ça changera quoi que ce soit ? Si tu abandonnes ton poste, le Parti en nommera un autre à ta place. Nous devrons toujours aller là-bas. »

Li se tut. Le lendemain, Liang partit pour la campagne et sa place de préfet fut sauvée.

Jamais Li ne pourra effacer de sa mémoire l'image du dos de son fils lors de son départ, si frêle dans la large veste qu'il lui avait donnée ; ses jambes si fragiles quand il monta dans le train ; ce sourire constant que Liang lui adressait à travers la vitre du wagon. Expression indéchiffrable : tristesse de la séparation ? consolation pour les parents ? appel de confiance ? ou résignation au destin ? Li aurait voulu demander à Liang ce qu'il ressentait à ce moment exact pour ne plus y songer. Leur conversation ne le permet jamais. Ils cherchent toujours à éviter cette zone de sentiments, zone dangereuse entre père et fils.

Li se retourne encore une fois. Wang arrête de ronfler. La nuit galope dans le vent. Il vaut mieux ne pas frayer un passage à ces souvenirs qui lui brûleront l'esprit. Li s'efforce de dévier ses pensées, de s'enfoncer dans ses rêves où abonderaient des chimères plus saugrenues.

Tout à coup, il pressent un événement dans la nuit, où le sens de l'alerte d'un vieux communiste, aiguisé par tant d'années de lutte de classes, est le plus éveillé.

Li écarquille les yeux, soulève sa tête de l'oreiller.

Un pas lourd résonne dans le silence, s'arrête derrière la maison.

« Le petit Qiao ! »

Des coups secs se font entendre à travers le mur.

« Qu'est-ce qu'il y a ?

— Camarade Li, réveille-toi ! crie la voix pressée du coursier du comité du Parti.

— Mais qu'est-ce qu'il y a ? demande Li, debout sur son lit.

— Une directive urgente, venue de Pékin...

— Bon, j'arrive. »

Rapidement, sans allumer, Li enfile ses vêtements, en sifflant pour tranquilliser Wang qui, réveillée, reste silencieuse dans le lit, sans bouger.

« Rien de grave, dit Li avec calme, le petit Qiao est prudent. Il aurait pu téléphoner. Par politesse sans doute. »

Au moment où Li sort, Wang dit : « Tu me passes un coup de fil.

— Bien entendu. »

Sorti de la maison, il siffle encore quelques secondes, puis s'arrête : « Qu'est-ce qui peut se passer ? Je m'en doutais. C'est sûrement à propos de Liang. Il y a trois nuits que je dors mal. C'est toujours lui qui me dérange. Le petit Qiao dit que c'est une directive urgente, c'est pour me tenir au calme... Il est sûrement arrivé quelque chose à Liang... »

Dans son pantalon ouaté épais, ses os craquent, tant Li fait de grands pas. Il sort du portail, contourne la maison, et retrouve le coursier qui l'attend dans le noir.

« Camarade Li...

— Qu'est-ce qu'il y a ? qu'est-ce qui se passe ? C'est Liang qui...

— Une directive urgente », dit brièvement le jeune homme, dont les mains protègent ses oreilles du froid. Il a dû oublier son chapeau en se hâtant.

« C'est vrai, une directive du Parti ?

— Oui, venue directement de Pékin.

— C'est bon. On y va ! » répondit Li en poussant un soupir de soulagement. Une directive urgente du Parti ne peut concerner Liang, son fils. Bien qu'il soit à Pékin, souvent à la tête des mouvements des étudiants de l'université, il n'a aucune raison d'être touché par une directive du Parti. Li peut être rassuré. Quoi qu'il se produise au Parti, il est tranquille pourvu que son fils, le futur dragon de la famille, ne soit pas impliqué.

« Elle est arrivée à minuit passé. J'aurais voulu te réveiller demain matin, mais c'est si urgent..., dit le jeune homme d'un ton d'excuse, en marchant à côté de Li.

— Tu as bien fait. Il faut me réveiller, si c'est urgent. De toute façon, la nuit en hiver est longue. Un peu de sommeil suffit. »

Intérieurement, il éprouve un malaise de se sentir si détaché devant une directive urgente du Parti. Il y a dix ans, une directive du Parti importait par-dessus tout. Sa vie, son fils, sa famille auraient été jetés derrière son épaule. Maintenant, il est numéro un du Parti dans la région, il dirige les affaires du Parti. Au fond de lui, il s'en fout. C'est triste pour le Parti, triste aussi pour lui, le secrétaire de la région.

« Il y a un moment que le Parti n'a pas délivré de directive urgente », dit Li à mi-voix.

Il fait un effort pour en mesurer l'importance, pour se donner un peu de souci, pour hâter un peu ses pas... En vain. Un calme total règne en lui. Il doit faire un effort pour réprimer son envie de chantonner.

« Mais oui... », marmonne le jeune homme.

Calmé par la tranquillité du chef, il parle d'un ton lent et indifférent, réglant son pas à celui de Li :

« Pourtant ça a l'air bien urgent. Tu sais, les étudiants...

— Quoi ?

— Les étudiants ont créé des problèmes...

— A Pékin ?

— Non, à l'Anhui.

— Hou... », soupire Li en reprenant le pas. Il presse ses mains dans ses manches contre sa poitrine afin d'apaiser son cœur qui, semble-t-il, a sauté jusqu'à sa gorge. L'Anhui est loin... Tout à coup, il s'inquiète de nouveau :

« Dis donc, qu'est-ce qu'ils ont fait exactement, les étudiants de l'Anhui ?

— Bof, des manifestations contre le Parti... », bredouille le petit Qiao, gêné.

Normalement, il n'a pas le droit de connaître les directives du Parti qu'il reçoit pour le chef. Depuis longtemps, cela devient une discipline sur laquelle on ouvre un œil et ferme l'autre. Tout le monde lit ce qui transite par sa main, même le vieux concierge, par pure curiosité. Il n'y plus de secret pour le Parti.

Li se tait et hâte le pas dans la nuit, contre le vent glacial.

« Des manifestations », se répète-t-il intérieurement. Des étudiants de l'Anhui ont manifesté contre le Parti. C'est curieux, l'Anhui est tellement loin de Pékin, ce n'est jamais un foyer de politique. Les étudiants de Pékin, et surtout de l'université de Pékin, sont connus pour être des fauteurs de troubles. Li se souvient de la dernière fois lorsque Liang, au cours de ses vacances d'hiver, lui raconta comment ils avaient organisé une manifestation contre le Premier ministre japonais, et comment ils avaient pu obtenir de l'argent des autorités pour fonder une revue littéraire qui critiquait ces mêmes autorités. Li, sans approfondir, avait dit d'un ton moqueur : « Hou ! Vous, les intellectuels, vous êtes comme des rats. Dès qu'on prend le bâton dans la main, vous mourez de peur. Si l'on relâche le bâton, vous sautez de haut en bas et de bas en haut. » A ce mot, ils avaient ri tous les deux, le père et le fils, en parfaite harmonie. Après le départ de Liang pour Pékin, Li s'est rendu compte de l'importance de cette plaisanterie. Il a compris, malgré le ton nonchalant de son fils lors de son récit, le rôle que Liang a joué dans ces mouvements politiques. Depuis, cette inquiétude pèse jour et nuit sur son cœur.

Le comité régional du Parti se trouve près de sa maison. Assis dans son fauteuil de préfet, il saisit le papier à en-tête rouge. Les lignes dansent devant ses yeux :

« Sollicités par de mauvais éléments dans la société, un petit nombre d'étudiants, à l'Anhui, ont semé des troubles dans notre vie politique sous le drapeau de la liberté et de la démocratie. Actuellement, ce mouvement d'étudiants a tendance à se propager dans d'autres villes, surtout à Pékin. Cela sera nuisible à notre grande cause qui est la réforme même, car sans la direction ferme du Parti, sans une situation pacifique, notre réforme sera un bâtiment construit sans soubassements, et notre Parti un bateau sans eau.

« Pour garantir la paix dans notre vie politique et l'application sans obstacle de la réforme, pour éviter qu'un petit nombre de mauvais éléments n'entraîne de nouveau notre pays dans les troubles de la Grande Révolution culturelle, le Parti demande à ses membres, de toutes les couches sociales, de bien faire attention à ces symptômes, et d'emprunter tous les moyens convenables pour convaincre les étudiants aveugles, nos camarades eux aussi, d'abandonner leurs mauvaises idées, et de se ranger sous la direction du Parti... »

« Emprunter tous les moyens convenables... » Li réfléchit sans achever le texte qui compte au moins encore trois bonnes pages.

A vrai dire, Li n'a rien à faire avec cette directive, quoiqu'elle soit urgente. Le district qu'il dirige est une région de trente-cinq mille habitants avec une toute petite ville, très arriérée culturellement, qui n'a qu'un lycée. Les étudiants peuvent manifester jusqu'au ciel, il restera tranquille sans craindre d'avoir des ennuis. Li, vieux membre du Parti, est très expérimenté en matière politique, il sait que, si le Parti a fait descendre si bas le papier à en-tête rouge, et d'une façon urgente, c'est que l'affaire est sérieuse. Il faut donc y réfléchir.

« Tous les moyens convenables... », marmonne Li tout en se renversant dans son fauteuil qui grince. Il ferme les yeux et revoit le visage de son fils. Brusquement, il se rassied pour chasser l'image de Liang et demande au coursier resté dans l'antichambre :

« Tu peux venir ?

— J'arrive, camarade Li. »

Le jeune homme pénètre dans son bureau, un cahier à la main. Sans s'asseoir, il se penche devant lui, prêt à écrire.

Li frotte un moment son menton mal rasé et ordonne :

« Trois points : Premièrement : trouver tout de suite le directeur de l'éducation, lui demander de procurer une liste des étudiants, fils de nos habitants. Cela doit être fait avant 8 heures.

« Deuxièmement : convoquer en réunion urgente, à 10 heures précises, les parents de ces étudiants.

« Troisièmement : que mon chauffeur se prépare pour aller à Pékin, départ à 10 heures et demie. »

Li frotte encore un instant son menton avant de dire :

« C'est tout. »

十四

Ce matin, Xué-Yan se réveille plus tôt que d'habitude. Dans son esprit vague, une idée surgit au fond de sa pensée : plus on s'endort tard la veille, plus on se réveille tôt le lendemain matin. Cette loi illogique lui donne une impression drôle, manque de la faire pouffer de rire. Son sommeil est encore très lourd, de nouveau une paresse la gagne et la contraint à refermer les yeux. Elle se recroqueville, tire la couverture sur sa tête pour s'abriter de la lumière du jour qui pénètre à travers la vitre givrée et lui pique les yeux.

Il n'y a aucun bruit dans l'appartement. Son père est sans doute sorti pratiquer le *taïjijuan* dans le jardin. Sa mère la guette certainement dans la cuisine pour accourir, au premier signe de réveil, lui apporter le petit déjeuner.

Xué-Yan reste immobile dans son lit. Elle préfère se replonger dans les vagues libres de ses songeries.

« Il a encore manqué le rendez-vous. » Un sentiment de rancune lui rouvre les yeux qu'elle fixe sur la porte. « Il a encore manqué le rendez-vous ! »

Sa pensée est un voyageur qui a passé la nuit et qui reprend le chemin là où, la veille, il l'a laissé. Elle s'est endormie hier soir avec cette rancune qui vient l'accompagner dès qu'elle se réveille. Xué-Yan se tourne. Contemplant les formes étranges du givre sur la vitre, elle ressent une tristesse profonde en constatant que Liang a changé. Elle se souvient du début de leur amour. Le jeune homme était pris d'une telle passion qu'on aurait dit qu'il brûlait. Sa voix était plus grave, ses gestes plus élégants, son esprit plus vif. Il était plus drôle, plus joyeux, lui racontant ses découvertes, ses inspirations, ses philosophies, ses ambitions. Même dans sa façon de l'embrasser, il dégageait une force qui enivrait, vivifiait. Dans ses bras, Xué-Yan se sentait plus belle, plus intelligente, plus courageuse.

Le soleil, en forme de lapin, entre timidement dans la forêt de givre, ronge les troncs des arbres. La jeune fille saisit le bord de la couverture entre ses mains et la plaque contre le bas de son visage. Elle sent cette odeur de lessive et de soleil dans le tissu, un peu sucrée, soufrée, qui s'insinue jusqu'au fond de son corps. Penser aux moments de bonheur dans la tristesse lui donne un sentiment bizarre. Cela la console et la rend plus triste à la fois.

« Il a changé... »

Dans ses bras, Xué-Yan n'éprouve que ce violent désir sexuel auquel elle résiste. Leur rencontre se transforme en lutte où la jeune fille parvient difficilement à l'emporter. C'est peut-être à cause de cela que Liang se montre de plus en plus impatient, brusque ; et qu'il part souvent en colère. Quelquefois Xué-Yan a failli lui céder. L'homme qu'elle aime souffre de ce manque. Leur amour en a été gâché. Sa bonne éducation et la surveillance de sa famille l'en ont empêchée. Son corps a été tellement enchaîné par les conventions puritaines qu'elle considère cet acte non comme un désir mais comme un devoir. Le devoir qu'une femme doit à son mari. Liang sera-t-il son mari ? Tant que cette question n'a pas obtenu de réponse positive, Xué-Yan ne lui donnera rien. Quoique son amour pour Liang soit très fort, elle ne saurait être indifférente à l'opinion de sa famille qui a placé tant d'espoir en elle.

« L'homme de bien et la politique font deux. »

Chaque fois qu'elle tente de parler de Liang, son père martèle ce dicton, mettant fin à la conversation. Il ne sont pas issus du même milieu. Elle appartient à une vieille famille de lettrés, respectant l'art et la culture, vivant selon la sagesse intérieure, méprisant la vulgarité du monde. Elle aurait aimé que Liang fût davantage un « homme de bien », loin de ces histoires politiques qui ne pourront causer que des troubles à leur famille. Il est vrai que la société devient de plus en plus pourrie, que le peuple vit dans la misère. Qui peut changer tout cela ? Ce n'est pas quelques étudiants qui transforment la société. Elle est fille unique d'un grand professeur, ils auraient ce qu'il faut pour vivre. A quoi bon s'enflammer pour la pauvreté des autres ?

Brusquement le téléphone sonne.

« C'est Liang ! » crie-t-elle en se précipitant hors de sa chambre.

Sa mère a pris l'écouteur. Elle le lui arrache.

« Allô ? »

Une déception la refroidit. Ce n'est pas Liang, mais Liu, sa meilleure amie de classe, la seule personne à qui elle a confié son amour pour Liang et la seule qui partage ses idées.

« Quoi ?

— Viens voir, c'est la folie, il y a des dazibaos partout !

— Qu'est-ce qui se passe ? crie Xué-Yan, réveillée par ses propres cris.

— Il y a eu une manifestation d'étudiants dans la province de l'Anhui contre le Parti ! Notre université est en émeute. »

Le ton précipité de Liu fait monter la tension. Xué-Yan ne sait quoi dire.

« Ils veulent aussi manifester ?

— Pour le moment, il n'y a que des déclarations anonymes. Mais ça ne saurait tarder étant donné l'excitation qui règne...

— J'arrive ! »

Xué-Yan jette le téléphone et s'habille en hâte. Malgré le sermon de sa mère, elle sort sans se coiffer et sans prendre la peine d'avaler le bol de bouillon de riz.

La résidence des professeurs n'est pas loin du campus. Xué-Yan a pris sa bicyclette. Le vent glacial du petit matin souffle et arrose de sa fraîcheur son feu intérieur. Elle sait que, si les étudiants manifestent, seul Liang peut les organiser. Par nature, il n'y renoncera pas. Tout s'explique, le fait qu'il ait manqué le rendez-vous hier soir sans lui faire signe prouve qu'il est saisi par une urgence. A cette pensée, Xué-Yan se sent consolée : Liang ne l'a pas abandonnée pour rien. Elle est d'accord avec Liang sur ce point : l'amour passe en second dans la vie, après la cause pour laquelle on milite. Dès l'enfance, elle a tant entendu parler de ces héroïnes de la Chine ancienne : à l'époque de Song, les femmes de la famille Yang combattaient à la place de leurs maris.

A l'époque de Yuan, les femmes Jin se donnèrent la mort. A l'époque de Qing, trois femmes se disputèrent la « plaque de mort » pour leur mari... L'honneur de l'époux fait la gloire de la femme. Xué-Yan éprouve une émotion chaque fois que sa mère lui raconte l'une de ces histoires. Elle veut, comme sa mère, épouser un homme dont la cause est la plus noble, à laquelle elle contribuera toute sa vie. Liang est l'homme qu'il lui faut. Seulement, s'il pouvait ressembler à son père : s'écarter de la vie politique et s'adonner à la science ou à la littérature !

« L'homme de bien et la politique font deux. » La phrase du vieux professeur résonne à l'oreille de la jeune fille. Elle a pris sa décision : cette fois, elle va retenir à tout prix Liang hors de cette affaire, d'autant plus qu'elle est dangereuse !

Elle traverse le sentier qui serpente au bord du lac Sans-Nom, et s'enfonce dans le quartier des facultés. C'est là que les étudiants se réunissent.

A sa surprise, le calme règne devant la grande cantine. Au lieu de la foule hurlante à laquelle elle s'attendait, une vingtaine de jeunes gens rôdent devant les murs, les mains dans les poches, l'air nonchalant sinon moqueur, lisant les affiches malgré le froid. Xué-Yan descend de sa bicyclette et s'avance vers eux.

« Nous voulons la démocratie et la liberté ! »

« Soutien à nos confrères anhuysens ! »

« Que les autorités cessent de faire des promesses mais les réalisent ! »

Sur le grand mur, au-dessus des affiches officielles, sont collés de petits papiers, pages arrachées à des cahiers, grossièrement écrites. La dernière constitution a supprimé le droit d'afficher des dazibaos, écrits en gros caractères, mais les étudiants ont la malignité d'afficher des *xiaozibaos,* en petits caractères. Il y a en tout une dizaine de ces petites affiches, rédigées en phrases naïves. Liang ne peut participer aux niaiseries de ce genre. Xué-Yan se tranquillise et éprouve une fierté envers son homme dont elle admire la classe. Son amie Liu a exagéré, quoi que Xué-Yan lui soit reconnaissante. Elle allait reprendre sa bicyclette quand elle voit Liu.

« Tu te rends compte ? »

Liu fait la moue vers les affiches. Avec son grand manteau neuf, elle paraît plus petite qu'à l'ordinaire ; sous son foulard rouge qu'elle noue sur la tête, un masque de chirurgie couvre presque tout son visage et ne laisse en dehors qu'une bande étroite de front sur laquelle tournent ses yeux. Sa voix sous le masque paraît plus confidentielle.

« Tu as vu...

— Je ne vois rien de grave. Ces affiches sont écrites par quelques élèves de première année. Liang ne va pas s'en mêler.

— Tu n'es pas au courant ! »

Liu saisit le bras de Xué-Yan et l'emmène loin de la foule :

« Hier soir, la petite amie de Chou nous a annoncé que les garçons vont manifester sur la place Tien-An-Men. Nous, les filles devons les protéger de la police. »

Xué-Yan aspire un grand coup de froid.

« Chou ? Le grand type de la philosophie ?

— Mais oui !

— Il est double de Liang. »

Pendant ce temps, des étudiants se regroupent, de plus en plus nombreux. Ils commencent à s'agiter. Quelques affiches sont collées, plus grandes et mieux rédigées. Xué-Yan et son amie arrivent parmi eux pour les déchiffrer. Il y en a une qui attire le plus l'attention :

« Chers camarades,

« Depuis des siècles et des siècles, le peuple chinois souffre d'un système tyrannique d'où sont venus tous nos malheurs. La servilité aveugle nos dirigeants, les rend présomptueux, tout cela les conduit d'erreur en erreur. Seule une véritable démocratisation peut sauver notre pays de son sous-développement. Nos camarades à l'Anhui ont commencé ce mouvement démocratique, nous devons le continuer jusqu'au bout !

« Debout, les fils qui ont du bon sang chinois, tout notre espoir réside en vous ! »

Une frayeur saisit Xué-Yan, elle se met à lire une autre affiche en forme d'une lettre à la famille :

« Chers parents,

« Je sais qu'en ce moment, vous êtes très inquiets pour moi. Je n'ai pas oublié les recommandations que papa m'a faites avant mon départ pour l'université : c'est avec tant de peine que j'ai pu entrer dans ce noble palais des sciences, c'est avec tant de peine que vous me payez les études. J'accomplis le maximum d'efforts pour obtenir un meilleur résultat dans ma spécialité, pour un jour pouvoir être un scientifique, un homme de valeur, avoir un avenir brillant, une vie heureuse, et pouvoir vous rendre grâces de tous les sacrifices que vous avez accomplis afin de faire de moi un homme. Vous saviez que l'université de Pékin est le centre de la lutte politique et vous connaissez la cruauté de cette lutte. Vous m'avez interdit de m'en mêler car ce sera la fin de ma carrière et la fin de tous nos espoirs !

« Chers papa et maman, je peux vous dire que vos recommandations se sont incrustées dans ma tête ! Mais aujourd'hui je ne saurais les suivre, car depuis mon arrivée à Pékin, j'ai constaté une réalité : sous un régime totalitaire, notre nation est en danger. Nous ne pouvons la sauver qu'avec la démocratisation. Ce sera une lutte cruelle. Il y aura du sang, des morts peut-être, mais ce sera la seule issue ! Etre un " homme de bien ", un scientifique à l'écart de la politique, avoir une famille bien tranquille... serait irresponsable envers notre nation et nous entraînerait dans la misère...

« Excusez-moi, chers parents, je ne peux qu'y aller !

« Seule la victoire de la démocratie assurera notre bonheur à tous. »

Xué-Yan éprouve une certaine émotion en lisant cette affiche. D'autres sont plus fortes sous forme de communiqué, de dialogue, de questionnaire. Elles ne sont signées que d'un seul nom : un bon fils de la Chine. Devant ces affiches, elle ressent un malaise et préfère s'en aller quand elle remarque une autre petite affiche portant une annonce :

« Pour soutenir nos camarades de l'Anhui, tous les " bons fils de la Chine " devront se rendre ce soir au bâtiment numéro 3, salle 12, où aura lieu une réunion pour arrêter notre projet d'une éventuelle manifestation. »

Xué-Yan l'examine : ce n'est pas l'écriture de Liang. Mais cette observation ne la soulage pas davantage. Liang se trouve sûrement derrière cette émeute. Elle doit absolument le trouver.

La foule s'agglomère devant les affiches. Une voix crie :

« Que quelqu'un en fasse la lecture à haute voix ! Nous ne pouvons les lire. Les dazibaos auraient été beaucoup mieux ! »

Les jeunes éclatent de rire. Une autre voix se met à lire...

Xué-Yan donne un coup de coude à son amie. Toutes deux sortent de la foule.

« Où trouver Liang ? »

Elle prend sa bicyclette en s'interrogeant.

十五

Cette nuit, Wang Juin a fait un rêve.

Comme chaque fois, il n'arrive pas à pénétrer à l'intérieur. Il s'affole. Plus il s'affole, moins il y parvient. D'ailleurs, il n'a jamais su qui est cette fille. Pendant un moment, il croyait qu'il s'agissait de Hong. Il essayait de discerner son visage. Mais la fille ne lui montre pas son visage, ne lui parle pas non plus. Elle ne fait que lui donner la moitié de son corps. Il lui semble que leur deux corps forment une espèce de croix. Elle se trouve au-dessus. C'est pourquoi il n'y arrive pas. S'il avait été au-dessus, elle serait plaquée sur le lit. Il aurait pu s'y enfoncer avec force. Il s'agitait dans un tourbillon de vapeur, après une longue course. Il a oublié pourquoi il a couru. A-t-il couru pour attraper cette fille ? Pourquoi s'en inquiéter ? puisqu'elle se trouve dans ses bras ? Il a l'impression qu'il faut très vite la pénétrer, sinon elle partira et ne reviendra plus. Comme si son sexe était un sceau et que leur acte d'amour consiste à appliquer l'empreinte d'appartenance. Sa plus grande difficulté tient à ce qu'il ne connaît pas le corps de la femme. Il ignore de quelle façon se place son sexe. Sous son nombril, d'accord, mais il ouvre dans quelle direction ? vers le devant ou vers le bas ? En plus, il ne sait par où il faut pénétrer. Si son souvenir d'enfance est exact, il paraît y avoir deux petits trous, l'un en haut et l'autre en bas, il serait sûrement embarrassé si c'était le cas. Il aurait dû faire plus attention au jardin d'enfants où ils portaient, filles ou garçons, le pantalon fendu à l'entre-cuisse, et s'amusaient avec innocence. Un petit camarade lui fit remarquer, un jour aux toilettes, la différence qui existait entre filles et garçons. La nouvelle se répandit très vite. Les enfants se partagèrent en deux camps. Ils étaient trop jeunes pour savoir de quoi il s'agissait et ne firent que se moquer des filles, infirmes de ne pas avoir un bout de chair en plus. Il se souvient que certaines d'entre elles pleurèrent et réclamèrent un zizi à leurs parents une fois rentrées à la maison. Ce fut un scandale. Depuis lors ils furent obligés de porter des vêtements d'adultes et de se séparer dans les toilettes. Wang Juin regrettait toujours d'avoir propagé ce scandale. Il aurait dû garder le secret et en aurait profité pour en savoir davantage.

Avec contrariété, Wang Juin se rend compte qu'il a émergé de son rêve et que la fille imaginaire a disparu. Il soulève ses mains de son ventre et éprouve une sorte de dégoût. Il aurait voulu retrouver cette fille soumise quand, brusquement, il entend le claquement de la porte d'entrée, le bruit du moteur dans la cour. Son père part au travail. Il est saisi d'excitation : le moment décisif arrive.

Il change son slip et s'habille. Avec discrétion, il traverse le couloir, passe devant la chambre de ses parents où, sans doute, sa mère est en train de dormir, et s'introduit dans le bureau de son père. Il ferme la porte au verrou.

Une forte odeur de tabac entre dans ses narines. Son père a dû fumer beaucoup avant de partir. Il est sûrement coincé par un problème important car, hier soir, il s'est enfermé dans son bureau sans vouloir voir personne. Wang Juin regarde l'armoire au coin de la pièce et pense au secret que son père y cache. Il est saisi par l'envie de le découvrir.

« Pas aujourd'hui », décide-t-il.

Il s'avance vers son bureau et fouille dans une pile de papiers. Sous un bulletin d'informations confidentielles, il aperçoit un papier à en-tête rouge, marqué au-dessus à gauche « ultra-secret ».

Le jeune homme éprouve un battement de cœur bien qu'il ait l'habitude d'espionner les secrets d'Etat. La première phrase le bouleverse. Il s'écroule dans le fauteuil de son père.

« Le Parti insiste pour que tous nos camarades n'oublient pas l'ancien proverbe : " Le mandarin est un bateau, le peuple est l'eau... " »

Wang Juin s'affole. Il s'est trompé depuis hier soir. Il est peut-être vrai qu'il y a une lutte au sein du Parti entre les réformistes et les conservateurs, mais vis-à-vis du peuple ils ne jouent qu'un seul rôle : celui du pouvoir. Dans ce cas-là, toute action hors du contrôle du Parti serait illégale. Reste à savoir pourquoi le Parti n'a pas envoyé la police à l'Anhui. De toute façon les autorités sont décidées à réprimer les manifestations à Pékin.

Son calme revient. Il regrette d'avoir franchi le pas hier soir. Heureusement il n'a pas encore contacté les journalistes étrangers comme il l'a promis à Liang. Il se sent stupide de n'avoir pas compris : si Liang lui a demandé de contacter les journalistes étrangers, c'est que les étudiants n'étaient pas sûrs de la réaction des autorités et se préparent au pire. Il ne lui reste qu'une chose à faire : prévenir Liang le plus vite possible.

Il se lève. Mais une idée lui vient à l'esprit : Liang ne va pas l'écouter. Wang Juin connaît le caractère de son ami qui va le considérer une fois de plus comme un lâche.

Il hésite un instant, prend le téléphone rouge, l'appareil branché sur le secrétaire particulier de son père.

« Allô ? Je vous écoute. »

La voix précipitée de Tsao.

« Bonjour, je suis Wang Juin.

— ... Hein ? Tu vas bien ?

— Dis-moi, oncle Tsao, j'ai besoin de te voir. »

Tsao n'est pas beaucoup plus âgé que lui, mais les coutumes veulent qu'on appelle « oncle » ceux qui travaillent avec le père.

« Me voir ?

— Oui, mais sans que mon père le sache. »

Tsao hésite derrière son appareil. Quelques crépitements se font entendre. Wang Juin s'angoisse.

« Je t'en prie, oncle Tsao...

— Ton père a une réunion urgente entre 9 heures et 9 heures et demie, je peux te recevoir pendant ce moment ; pas plus qu'un quart d'heure si tu ne veux pas que ton père le sache.

— Bon, j'arrive ! »

十六

Sortant de la salle de réunion, Li respire, à cette heure du petit matin, une odeur parfumée de bouillon de maïs, accompagnée par la fraîcheur de la campagne. Aujourd'hui, il n'a pas le temps de savourer cette odeur. Il prend son portefeuille sous le bras et va directement vers la Jeep qui l'attend.

« Bon, on y va! » dit Li en fermant la portière d'un coup sec.

La Jeep tremble dans un grand bruit de moteur, et s'élance vers la sortie du comité du Parti. Les parents des étudiants sortis eux aussi de la salle de réunion se rangent sur les deux côtés de la route pour laisser passer le « palanquin moderne » de leur roi régional. Silencieux, ils ont l'air pressé et inquiet. Leur regard reflète une profonde angoisse. Li se souvient que tout à l'heure, pendant la réunion, lorsqu'il leur demandait d'écrire à leurs enfants de ne pas se laisser entraîner dans ce mouvement contestataire et de demeurer fidèles à la direction du Parti, des gens étaient sortis sans attendre la fin de son discours tant ils ont peur pour leurs enfants. Li éprouve une certaine satisfaction de son pouvoir et d'avoir réagi ainsi à l'égard de cette directive urgente du Parti. Il sait interpréter correctement les « termes ambigus », ce qui est apprécié par son supérieur et ses collègues. Sans cela, il y a longtemps qu'il aurait été limogé.

« Directement à Pékin? demande le chauffeur.

— Oui. Fonce! »

Une fois dans la rue, la Jeep perd sa fierté. La foire paysanne s'étend jusqu'à l'entrée du comité. Profitant du temps libre en hiver, les paysans viennent se rencontrer au marché. Vendeurs, acheteurs, ils bavardent, bloquent la grande rue. Malgré les klaxons, les gens indifférents ne font que jeter quelques regards à la Jeep. Ils ne connaissent pas la voiture du secrétaire du Parti ou font semblant de ne pas la reconnaître.

« Ils s'en foutent du Parti, maintenant », songe Li angoissé. Il se renverse sur son siège et préfère ne pas assister à la scène. Auparavant, dès qu'un véhicule à moteur apparaissait, les paysans se séparaient en deux rangées, figés dans leur mouvement, le regard effrayé, attendant le passage des « mandarins ». La notion du pouvoir, d'être un mandarin, demeurait suprême dans le pays ; il s'agissait de la première valeur nationale. C'est pourquoi, dès qu'on croyait son enfant intelligent, on lui faisait apprendre les poésies, passer le concours d'Etat pour devenir un mandarin. Quoique le mandarinisme eût évolué dans la Chine nouvelle, le respect de l'autorité restait incrusté dans la mentalité des gens. C'était pour cette raison que sa mère avait insisté afin de l'envoyer à l'école, malgré la pauvreté de sa famille. Li éprouva une grande tristesse en pensant aux sacrifices consentis par ses parents pour payer ses études, d'autant plus qu'il n'avait accédé au rang du mandarin qu'après leur mort.

La foule devenait de plus en plus dense. La Jeep klaxonnait sans pouvoir avancer. De vieilles femmes, le panier plein d'œufs sur le bras, s'arrêtaient au milieu de la rue pour bavarder. Le chauffeur dut descendre pour les prier de céder le passage. Une grosse truie, accompagnée de ses petits, se faufile entre les jambes des passants, balançant la queue avec désinvolture. Une brute, à bicyclette, s'élance devant eux et heurte la tente d'un marchand de tissu qui s'écroule. Des discussions accompagnées des gestes violents jaillissent des injures éclaboussées de salive, des tentatives de réconciliation de la part des spectateurs qui les incitent à s'engueuler davantage... Imperceptiblement, les valeurs collectives avaient changé. Le centre d'intérêt des Chinois glisse vers ailleurs.

« C'est vraiment la merde aujourd'hui ! »

Le chauffeur revient dans la voiture et continue à piétiner en lançant des insultes.

Li ferme les yeux, brûle d'impatience. Il se reproche d'avoir conduit son fils sur cette voie : si Liang s'intéresse tant à la politique, c'est qu'il a pris le goût du pouvoir en participant à la carrière de son père. Celui-ci aurait dû lui parler d'autres choses, par exemple des grandes découvertes scientifiques, des progrès techniques, des jeux, des mathématiques. Cela l'aurait détourné de ce domaine périlleux. Mais il n'a pas pu, car lui-même n'y connaît pas grand-chose... L'histoire de la Chine le veut ainsi : durant des siècles et des siècles, personne n'a cherché à améliorer le rendement de leur terre, alors que chacun s'essayait à jouer le jeu du pouvoir.

Enfin, la Jeep a traversé la foire et sort de la ville. Li se redresse et regarde au loin.

« A cette vitesse, penses-tu qu'on arrivera à Pékin avant l'heure du déjeuner ?

— Pas de problème. »

Le chauffeur, de bonne humeur, accélère franchement. La voiture fait un détour auprès du vieux rempart et rejoint la grande route nationale.

Li discerne dans un champ immense et désolé les tombes Zhao.

« Tu as vu ?

— Quoi donc ?

— Sur la stèle.

— Hein, encore ce nuage qui tourne. Chaque fois que je passe ici le matin, je le vois. Même s'il fait limpide ailleurs, ce nuage se balade toujours au-dessus de la stèle... »

Le chauffeur parle sans y faire trop attention. Li contemple le nuage, une moitié noire, l'autre empourprée, qui tourne lentement depuis des années au-dessus de la stèle. Il a du mal à croire l'histoire qu'on raconte dans la région à propos de ce nuage étrange. Pourtant elle a l'air vraisemblable.

Selon l'histoire, sous cette stèle a été enterrée toute une famille.

C'était à l'époque Ming. Dans ce village, à deux cents quarante lis de Pékin, vivait la famille Zhao qui n'arrivait pas à prospérer. Depuis plusieurs générations, elle n'avait que des fils uniques.

Cette année-là, le père Zhao, qui dépassait déjà la cinquantaine, n'avait pas encore de fils. Il commençait à être désespéré. Une famille sans descendant représente un crime contre le ciel. Un an après son troisième mariage, sa jeune femme lui donna un fils. Ce fut une grande joie dans la maison.

Dès lors, la famille élevait l'enfant trésor, l'unique racine, avec la plus grande prudence. Pour qu'il fût solide, on l'appelait « Boule de fer ». Pour éviter tout danger, le père fit construire un haut mur autour de la maison et il fut interdit à l'enfant de sortir de la cour.

Des années passèrent, l'enfant grandit. Comme tous les autres
enfants, il était curieux et voulait savoir ce qui se passait au-
dehors. La famille fit surélever le mur, consolida la porte, et garda
le fils d'une façon plus stricte. Un jour, à l'âge de douze ans,
l'enfant entrevit, à travers une fissure de la porte, d'autres ènfants
qui partaient aux champs, un panier sur l'épaule, une serpette à la
main. Il demanda à son père :

« Qu'est-ce qu'ils font avec le panier et la serpette ?

— Hou ! Ils vont ramasser de l'herbe pour la maison.

— Moi aussi, je veux ramasser de l'herbe pour la maison.

— Non, tu es encore trop petit. »

Une discussion éclata entre le père et le fils. L'enfant menaça le
père en disant qu'il allait se tuer si on continuait à l'enfermer. Le
père céda. On lui donna la serpette la moins tranchante et on
l'accompagna avant de le laisser travailler seul.

L'enfant semblait bien travailler. Il remplissait tous les jours
son panier d'herbes. La famille fut contente de constater non
seulement qu'il avait un beau fils, mais un fils travailleur. Plus
tard, le père Zhao remarqua une chose étrange : l'herbe que son
fils ramassait était toujours du même genre et de la même
hauteur. Ce qui était anormal. Le père décida d'espionner son
fils. Il le suivit et se cacha derrière des arbres pour le guetter. Il
découvrit que son fils allait tous les jours dans un champ de
tombes et arrachait les mêmes herbes qui poussaient aussi vite
qu'on les coupait.

« Il y a un trésor dans le sol », se dit le père.

Dans la nuit, il vint pour creuser. Mais il ne trouva qu'une
grande marmite, toute rouillée. « Le trésor est parti ! » pensa-t-il,
déçu, et il apporta la marmite à la maison. Dans un premier temps
on s'en servit comme d'une mangeoire pour l'âne de la maison.
On découvrit que, depuis qu'on servait l'âne dans la marmite, il
ne mangeait plus. On comprit que ce n'était pas l'âne qui ne se
nourrissait plus, mais la marmite qui se remplissait automatiquement.

« Voilà le trésor ! »

Le père, ravi, fit nettoyer la marmite pour que la famille y
mangeât. Dès lors, la famille Zhao devint riche. Le fils se maria et
la maison s'agrandit.

Cependant un jour, par inattention, le fils tomba dans la
marmite. On vint l'en tirer, mais la marmite reproduisit aussi des

hommes. Il y avait toujours un fils dedans. On parvint à avoir une quarantaine de fils identiques. La belle-fille s'affola devant ces maris semblables. On fut obligé de la mettre également dans la marmite pour la reproduire. Depuis, la famille Zhao fut prospère.

Le malheur vient de là...

La Jeep s'élance sur la chaussée. Les arbres surgissent aussi vite qu'ils s'effacent. La plaine tourne comme une immense roue à deux côtés. Il y a longtemps qu'ils ont dépassé le champ de tombes Zhao. Li ne parvient pas à cesser de songer à cette histoire.

Un jour, vers l'automne, l'empereur fit une excursion et arriva avec ses cavaliers dans le village. Il était tard et ils devaient déjeuner. Aucune famille n'avait les moyens ni l'audace de nourrir l'empereur et ses cavaliers. Alors on vint frapper à la porte de la famille Zhao qui accepta avec joie de recevoir le souverain.

« Qu'est-ce que tu nous donnes ? lui demanda le chancelier.

— Mon seigneur, le meilleur repas des paysans se compose de raviolis. Nous vous donnons les meilleurs.

— Et qu'est-ce que tu donnes à nos chevaux ?

— Des raviolis aussi.

— Nous avons deux mille hommes et autant de chevaux. Tu peux nous faire déjeuner tout de suite ?

— Certainement. Les hommes comme les chevaux. En même temps !

Des raviolis furent servis, chauds, délicieux, de la même taille, farcis de la même façon. Cette histoire réjouit beaucoup l'empereur qui donna aux Zhao le titre de « première famille sous le ciel ».

L'histoire était loin d'être finie. Après le retour de l'empereur dans la Cité interdite, l'impératrice, qui n'avait pas le droit de sortir, lui demanda de lui raconter son voyage.

« Ce qui m'a fait plaisir, c'est que le peuple vit heureux sous mon règne.

— Où en est la preuve ?

— Eh bien, la preuve, c'est qu'une famille a pu nourrir de raviolis deux mille hommes et deux mille chevaux ! »

Dès que l'empereur eut fini de raconter l'histoire de la famille Zhao, l'impératrice poussa un cri de terreur.

« Qu'est-ce que tu as ? » lui demanda l'empereur intrigué.

L'impératrice chassa l'entourage et dit d'un ton confidentiel :

« Des raviolis sont le plat le plus compliqué de notre cuisine. Tous doivent être de la même taille, sinon certains seront trop cuits et d'autres pas assez. La pâte et la farce doivent être préparées en même temps, sinon ils ne se refermeront pas. Pour la cuisson, c'est encore plus difficile. Il faut calculer à la seconde juste, sinon ils fondront dans l'eau bouillante. On dit toujours qu'il faut trois personnes pour en nourrir une. La famille Zhao a nourri une armée. Cela prouve qu'elle dispose d'hommes innombrables et qu'existe entre eux une remarquable organisation.

— Et alors ? demanda l'empereur qui ne comprenait toujours pas.

— Une famille si unie, qui a une telle force, si près de la capitale, qui l'empêchera de prendre le pouvoir un jour ? »

L'empereur, effrayé par cette idée, demanda conseil à sa femme.

« Eh bien, il faut supprimer cette famille avant qu'elle n'ait l'idée de nous renverser ! »

La nuit même, l'empereur revint au village avec son armée pour assassiner la famille Zhao. Une autre idée lui vint à l'esprit : comment cette famille, si nombreuse, était-elle parvenue à unir si bien ses hommes ? N'est-ce pas la clef de l'art de gouverner un pays ? Il donna l'ordre de tuer tous les membres de la famille Zhao, sauf le chef de famille.

L'armée impériale commença à exécuter l'ordre. Ils enfoncèrent la porte et se saisirent d'un vieillard qui avait au moins quatre-vingt-dix-neuf ans.

« Tu es chef de la famille ?

— Non. »

Le vieillard fut tué. Puis ils en découvrirent un second, de quatre-vingts ans, et lui demandèrent :

« Tu es chef de la famile

— Non. »

Lui aussi fut tout de suite exécuté. Ainsi, ils éliminèrent le clan Zhao, des plus vieux aux plus jeunes, sans avoir trouvé le chef de la famille. Ils continuèrent à chercher et à tuer. Le sang inonda le village. A la fin du massacre, un petit garçon sortit, sans veste ni culotte, les clefs de la maison autour du cou.

« Je suis chef de la famille. »

Il fut conduit devant l'empereur qui, désemparé, lui demanda :

« Vous avez tant de membres dans la famille, des vieux et des jeunes, des sages et des forts, pourquoi t'a-t-on choisi comme chef, toi qui n'es qu'un enfant ?

— C'est la règle de la famille. On choisit toujours quelqu'un de non marié comme chef.

— Pourquoi non marié ?

— Parce qu'une fois marié, l'homme écoute sa femme et la famille ne sera plus unie ! »

La Jeep, secouée par des rafales de vent, cahote de plus en plus. Li a l'impression de devenir une boule de charbon qu'on secoue avant de la mettre au feu. Il contemple le beau ciel d'hiver, la plaine sans bornes sur laquelle s'élèvent des tourbillons de vapeur.

Ils s'approchent de Pékin, où habitait cet ancien empereur. Subitement, Li semble deviner une autre signification à cette histoire.

Très vite, le soleil se rétrécit au-dessus des nuages rouges et noirs qu'il laisse derrière lui. Des faisceaux de lumières sautent entre les branches d'arbres. Le ciel s'élève d'un seul coup. On dirait qu'un couvercle en bronze a été soulevé dans une détonation muette, par une main gigantesque au-dessus de l'univers. Le jour, coincé pendant trop longtemps, s'engouffre, inondant l'humanité. Les champs s'étendent sur son lit, corps sans bornes d'une prostituée. Des arbres tordus, des herbes jaunies, des chemins sinueux s'entremêlent. Seul le vent erre en arborant sa chanson haineuse.

Le Petit Wei marche à grandes enjambées. Les yeux rougis d'alcool, le visage gelé, les sourcils saupoudrés de givre, il n'a qu'une seule envie : suivre ce chemin du bonheur.

La terre se fissure, le ciel se grise, et les montagnes deviennent monstrueuses.

Le vieillard à la barbe blanche est toujours là. Il entend résonner sa voix à ses oreilles :

« Tu veux être heureux, loin des malheurs de l'humanité, alors, suis ce chemin qui te mène vers les montagnes de l'Ouest. Tu y trouveras la clef du bonheur, une vérité absolue... »

Le Petit Wei s'acharne. Il avale son chemin, franchit des collines, traverse des rivières gelées.

Autour de lui, les couleurs évoluent. Les rochers s'élancent plus hauts, plus pointus comme des dents de loups. Des fossés s'élargissent, chargés de buissons morts et de squelettes d'animaux miniatures.

« Devant toi, sur cette montagne, après dix-huit détours, dix-

huit raidillons, tu trouveras un vieux temple, ton bonheur s'y
cache. Mais tu ne peux l'obtenir que si tu es courageux, que si tu
as la volonté la plus ferme. Vas-y, mon enfant ! Les épreuves sont
devant toi... »

Le Petit Wei lève la tête, il discerne le premier détour et, au-
dessus, le premier raidillon.

« As-tu encore des cigarettes, Chou ?

— Les voilà. »

Dans le bureau du *Lac sans nom*, Liang et Chou, assis face à face, se plongent dans un mutisme total. Dans la pièce s'entassent des exemplaires invendus de leur revue dont certains, en raison de la mauvaise qualité du papier et de l'humidité de la chambre, se soulèvent sur leurs bords comme des galettes de grand-mère, répandant une odeur de moisi, légère mais pénétrante. Les autorités leur ont permis de créer la revue, la première revue d'étudiants après la Révolution culturelle, pour indiquer leur attitude favorable à la liberté d'expression. Elles interdisent la distribution de la revue par un réseau officiel, sous prétexte qu'elle est privée. C'est juste, mais où trouver un autre moyen de distribuer puisqu'en Chine tout appartient à l'Etat ? Au début, Liang et ses amis vendaient eux-mêmes la revue dans la rue où personne n'en voulait, sauf quelques jeunes élèves qui n'avaient pas d'argent pour l'acheter. Ils pouvaient seulement crier, pour attirer les passants, que leur revue était une revue de mode ou de cuisine. Pour finir, toute la rédaction a été découragée et se contente de discuter ou de recevoir des manuscrits tels que celui de Vieux Lettré, mais sans avoir moyen de les publier.

Liang considère le paquet froissé de cigarettes que son ami lui a jeté sans trouver la force de le prendre. Chou se tait. La parole est inutile entre eux. Le problème est évident : ils ignorent l'attitude des autorités envers leur mouvement ou de quelle façon elles vont l'étrangler. Ils doivent se préparer au pire. Mais comment faire pour organiser la manifestation sans être remarqué ? Il va falloir, pour la réunion de ce soir, placer leurs hommes parmi les étudiants, les stimuler par des phrases provocatrices, attiser leur colère et les inciter à prononcer des discours, afin qu'ils se réunissent automatiquement demain matin pour la manifestation.

Liang saisit enfin une cigarette déjà à moitié vide. Chou les a promenées au moins deux semaines sans pouvoir se décider à les offrir. Pourtant ce ne sont que des cigarettes meilleur marché, de la pire qualité. Il la frappe légèrement contre la table avant de l'allumer. Un goût amer heurte sa gorge. Il tousse sans renoncer à fumer. Il tire quelques bouffées et crache la fumée qui s'entasse entre eux, et qui prend ensuite une forme vague, étouffante, tombant devant lui sur la table. Oxygénée, elle remonte vers le plafond. Chou allume la sienne. Les deux jeunes gens crachent ensemble leur fumée. Une autre sorte de conversation.

« Ce soir, on joue serré.

— D'accord. »

Dans la fumée, leur ton est plutôt détendu, teinté d'ironie, comme s'ils parlaient d'un événement qui ne les concernait pas.

« Tu as bien réfléchi au placement de nos hommes ? » demanda Liang sans avoir l'air d'y faire attention.

Il connaît toujours la réponse de Chou à ses questions.

« Oui. Sauf le tien.

— Pourquoi ?

— Tu sais que tu ne pourras pas venir. »

Liang se tait. Chou a raison. Ce soir il y aura sûrement des envoyés des autorités ; s'il venait, même s'il ne parlait pas, ils sauraient qui est l'agitateur. Liang a été remarqué pendant des mouvements précédents.

« Je crois que je viendrai quand même.

— Tu n'as pas confiance en nous ?

— Tu sais bien que si. Mais, si je ne venais pas, j'en souffrirais.

— Liang, tu crois que c'est le moment de se réjouir ? Tu as dit qu'il fallait jouer serré.

— Justement, nous devons joindre nos forces. Ne serait-ce que pour attirer leur attention par ma présence.

— Tu crois que tu pourrais te taire dans une réunion pareille ? »

Au travers de la fumée, ils se discernent mal. Pourtant ce voile brumeux leur permet de pénétrer au plus profond d'eux-mêmes. Ils se connaissent trop : par devoir, Liang ne pourra pas s'absenter, mais, par nature, il sera incapable de se taire. Il sera réclamé par le public. S'il est victime des autorités, toute l'équipe sera exposée et le projet sera perdu. Pour éviter un drame, il faut qu'il sacrifie son sens du devoir : ne pas venir à la réunion. Cela revient à affirmer son sens du devoir mais d'une autre façon. Des deux côtés, ce sera douloureux pour lui.

« Les autorités vont lancer une enquête. Elles sauront néanmoins la vérité, dit Liang en tirant une bouffée de sa cigarette plus amère que jamais.

— C'est plutôt pessimiste qu'héroïque.

— Les deux ne font qu'un. »

Des pas pressés résonnent dans le couloir, roulement désordonné du tambour. Des voix crient :

« J'en ai marre ! Pourquoi pas aujourd'hui, tout de suite ?

— Le mieux, c'est de tout foutre en l'air ! Les prix augmentent sans cesse. Nous ne sommes que de pauvres étudiants. Il y a trois jours que je n'ai pas mangé de viande.

— Quelle viande ? Ce n'est que de la graisse ! La bonne viande est partie par piston chez les " mandarins ", ensuite chez les vendeurs, puis chez les cuisiniers.

— On ne peut vraiment plus vivre dans cette merde de campus. Il faut toujours faire la queue, le bain public, la cantine, même pour aller aux toilettes...

— Révolte ! révolte ! Nous devons briser un ancien monde pour en construire un nouveau, a dit le président Mao.

— Nous allons recommencer une autre révolution culturelle. »

Un rire s'affiche sur le visage de Liang qui jette un regard significatif à son ami. Malgré leur humour, tous deux comprennent la gravité de la situation : il s'agit de bien maîtriser le mouvement. Un mot ou un geste excessifs fourniraient un prétexte aux autorités pour les réprimer. Ils doivent dès maintenant faire très attention et surveiller ce que disent les étudiants. Les termes " deuxième révolution culturelle " sont très dangereux.

« Je vais alerter nos camarades, dit Chou en se levant.

— Quelques slogans de contre-propagande seront peut-être utiles. Par exemple : " Nous voulons la démocratie mais pas la révolte ! La liberté mais pas l'anarchie ! "

— Très bien, j'y vais.

— Moi aussi, je dois contacter Wang Juin. Pour ce soir, nous allons prendre la décision selon ce que Wang Juin nous dira. »

Chou est parti. Liang allait fermer la porte à clef quand il voit Xué-Yan se placer silencieusement auprès de lui.

« C'est toi ! s'exclame Liang.

— Mais oui, c'est moi. »

Xué-Yan est toujours avare de paroles. Mais son regard livre ce qu'elle pense. Liang fait un pas vers elle pour se mettre dans le champ magnétique de sa tendresse, puis il marmonne : « Je suis vraiment désolé pour hier soir, je n'ai même pas pu te prévenir... »

Xué-Yan entre dans la chambre et ferme la porte sur elle.

« Je veux une explication.

— Voilà... j'ai été empêché par... par des choses très urgentes, très importantes aussi... », bredouille Liang. Dans sa tête, des questions tourbillonnent : faut-il le lui cacher ?

On dirait qu'elle inclut ses forces dans son regard : doute, reproche, refus de comprendre, l'angoisse d'une vérité trop blessante... C'est ses yeux. Les yeux de sa future femme. Liang tremble un peu. Il peut tout assumer chez Xué-Yan, sauf ses yeux dont le blanc et le noir, si contrastés, brillent d'une lumière insoutenable. Lumière pure, forte, qui perce le fond de son cœur sans le blesser, qui l'invite à se confier, à tout lui avouer. Liang sent que sa défense est brisée.

« Nous avons des choses si importantes à dire... »

Liang souhaite qu'elle abaisse son regard. Mais Xué-Yan semble consciente du pouvoir de ses yeux.

Liang s'approche d'elle, la prend dans ses bras et pose sa tête sur l'épaule de la jeune fille. Subitement, il se fond dans une profonde tendresse. Ce corps de femme est dans ses bras, contre lui.

« Yan, nous préparons une grande manifestation pour soutenir les étudiants de l'Anhui. Hier soir il s'est passé un événement très important dans le Sud..., bafouille Liang comme un enfant qui reconnaît son erreur.

— Je le sais. C'est pourquoi je suis venue te voir.

— Pour m'en empêcher ?

— Oui. »

Cette même discussion a eu lieu on ne sait combien de fois entre les deux fiancés. Cependant ils s'aiment. S'aimer, n'est-ce pas une contradiction entre deux êtres ? Pas de politique, mais la vie d'une petite famille tranquille. Pas de passion aveugle, mais une tendresse raisonnable. Pas d'action héroïque, mais un esprit réaliste. Liang, ce cheval fougueux, ne peut que s'attacher à ce joug constant. La jeune fille, si paisible et si tendre, n'éprouve envers ce garçon passionné qu'un amour plus fort chaque fois que celui-ci tente de briser ses chaînes. Alors elle revient vers lui, plus tendre, plus calme encore.

« Un amour, un couple, c'est un bateau qui navigue sur la mer. Malgré les orages, les tempêtes, l'homme, la force, rame en avant, avec passion, avec courage. La femme, elle, représente l'équilibre. Elle prend la barre de sang-froid... »

En ce même instant, les fiancés entendent ce qu'ils se disent au cours des moments les plus paisibles, les plus heureux de leur amour, souvent après une discussion, une nouvelle lutte de la passion contre la raison.

« J'ai compris pourquoi en Occident les couples ne sont pas stables et pourquoi il y a beaucoup de divorces, dit un jour Xué-Yan dans ses bras. Eros est un enfant. Tu comprends, un enfant agit à l'encontre de la raison. Les couples qu'il forme ne peuvent sûrement pas durer. Tandis que, chez nous, le vieillard de la lune choisit les couples. C'est pourquoi nous pouvons rester ensemble pour toujours... »

Liang et Xué-Yan, l'un dans les bras de l'autre, luttant l'un contre l'autre, ne peuvent pas s'arracher à cette tendresse et à cet attachement. La force de la nature du corps humain triomphe. Un antique désir de femme, violent, paralysant, s'abat sur le garçon.

« Liang, je suis fatiguée de discuter avec toi.

— Moi aussi, ne discutons plus. De toute façon, je sais que tu as raison.

— Alors, écoute-moi, cette fois-ci.

— Mais non, ce serait contre ma nature. Tu crois que tu aimeras quelqu'un d'un autre genre ?

— Je t'aime trop pour te laisser avec tes idées folles, surtout lorsqu'elles sont si dangereuses.

— Moi aussi, je t'aime trop pour commettre une trahison. Imagine que je renonce à la direction de ce mouvement qui va dans l'intérêt du peuple. Ne seras-tu pas plus malheureuse ? Un lâche, un irresponsable, un traître, un égoïste, un homme sans passion... C'est ça que tu veux pour mari ?

— Combien j'aurais aimé que tu n'aies pas été entraîné dans cette sale histoire ! On vivrait si heureux ! On s'aimerait si purement ! Si je te laisse faire, tu seras expulsé de Pékin. Nous vivrons séparés, nous n'aurons pas de famille ni d'enfant. D'ailleurs, mes parents ne seront jamais d'accord ! »

Elle prend la tête de Liang entre ses mains et la place sous son regard, sous cette lumière profonde, un peu triste, mais pleine d'amour.

« Liang, je t'aime.

— Moi aussi, je t'aime. »

La jeune fille se laisse bercer dans les bras du jeune homme. Liang s'engouffre dans un tourbillon d'ivresse.

« Yan, nous ne nous séparerons pas.

— Non, jamais ! »

Liang remet sa tête sur l'épaule de la jeune fille et balance légèrement la tête comme s'il voulait s'enterrer dans le creux de sa nuque pour puiser au maximum toute la tendresse de cette chair féminine.

« Non, nous n'allons jamais nous séparer... jamais. C'est pourquoi arrête de faire des bêtises. »

Liang ne sait que hocher la tête. Il n'entend plus rien. L'ivresse l'emporte loin. Il plonge ses mains sous la chemise de Xué-Yan et commence à défaire sa ceinture. Xué-Yan ne l'arrête pas. Elle sait qu'il ne faut pas que le désir de Liang se tourne en colère alors qu'elle a encore une faible chance de le sauver.

Liang se transforme en une torche de désir. Sa personne se concentre au bout de ses mains qu'il promène sur le ventre de la jeune fille. Il caresse cette peau si lisse et si douce, sous le nombril profond et douillet, ce petit continent mystérieux, triangulaire, rétréci entre les deux cuisses, et, plus bas, sous la forêt préhistorique...

« Liang, écoute-moi, pour la première fois.

— Non, je ne peux pas.. »

Les deux jeunes gens commencent à gémir.

La porte s'ouvre brusquement. Wang Juin, essoufflé, entre à brûle-pourpoint et demeure interdit devant les deux corps à moitié nus.

« Oh ! Liang, tu es là, mais au nom du ciel... excusez-moi !

— Wang Juin... Je voulais te téléphoner...

— Alors sors un moment », dit Wang Juin d'un ton autoritaire.

Il se détourne pour ne pas regarder les fiancés remettre leurs vêtements en ordre.

十九

Liang traverse le couloir, profitant de cette ombre pour apaiser sa confusion. Devant lui, Wang Juin ne parle pas. Des filles les croisent, les frôlent. En bavardant, leurs talons tapent gaiement sur le ciment du sol.

En dehors du bâtiment, Wang Juin continue à marcher sans adresser la parole à Liang. Il se dirige vers le bord du lac, comme si c'était le seul endroit où ils puissent parler. Le premier rayon du soleil libère Liang de sa confusion. Il a hâte d'interroger son ami :

« Alors, as-tu reçu des nouvelles ? »

Par-dessus son épaule, Wang Juin lui jette un regard furieux et continue sa marche sans rien dire.

« Alors ?

— Salaud ! Tu tripotes " ta femme " pendant que les autres courent des dangers terribles pour te procurer des informations.

— Mais non, mais non… Dis-moi vite, qu'est-ce qu'ils pensent de ce mouvement ? »

Sans s'arrêter, Wang Juin prend un air de plus en plus grave. Liang sent son cœur battre, il n'a presque plus la force de répéter sa question.

« Qu'est-ce qu'ils veulent faire de notre manifestation ? »

Trois étudiants s'approchent d'eux, le sac en bandoulière, portant leur bol de riz sous le bras. Ils fixent Liang de leurs yeux curieux : ils doivent le reconnaître et savoir qu'il est le rédacteur en chef de la fameuse revue des étudiants, et qu'il joue un rôle fondamental.

« Viens par là. »

Liang entraîne Wang Juin. Ils empruntent un sentier à travers un jardin dans la résidence des professeurs. Il y a moins de monde ici.

« Alors, réponds-moi vite ! Nous n'attendons que tes nouvelles pour agir, insiste Liang d'une voix devenue tout à coup aiguë.

— Rien à faire, le Parti est contre.

— Merde ! »

Pendant quelques instants, Liang éprouve une sorte de vertige accompagné de violents coups au cœur. Il n'a plus la force ni l'envie de marcher. Pourtant il ne peut s'arrêter car ses jambes l'emportent malgré lui. Fixant ses yeux désespérés sur la moitié gauche du visage de Wang Juin qui ne veut pas le regarder en face, il espère tout de même que cette information n'est pas si solide, sans la moindre fissure comme une réalité en fer.

« Ils sont contre... Alors, ils sont contre... »

Wang Juin marche d'un pas ferme. Il se tait avant d'expliquer : « J'ai obtenu l'information de source sûre. Ils veulent à tout prix éteindre ce mouvement. La police en a reçu l'ordre. »

Chaque mot de Wang représente un coup de tonnerre qui éclate sur la tête de Liang. Il se sent déjà écrasé par la nouvelle ; comment aurait-il pu entreprendre le vrai mouvement ? S'il marche encore, c'est parce qu'il est incapable de s'arrêter.

« Alors, que faire, mais que faire ?

— Rien. Rien à faire. Arrêtons tout.

— Tu dis qu'il faut arrêter ce mouvement ? répète Liang comme s'il ne comprenait plus le chinois.

— Mais oui. Arrêtons tout. »

Au milieu du jardin, deux professeurs, très âgés, s'approchent de l'autre bout du mur. Sous le soleil, leurs cheveux blancs s'agitent dans le vent comme des pousses fraîches de soja. Une jeune fille de première année, ronde, toute seule, les dépasse en balançant ses deux petits gants rouges avec des gestes excessifs, faisant voleter quelques moineaux au-dessus des arbres. De loin, à l'entrée principale de la bibliothèque, la foule continue à couler. Comme tous les jours. Partout règne encore l'atmosphère sereine de l'hiver. Mais, en ce moment, cette sérénité donne à Liang un sentiment de vertige. Il a l'impression qu'il est au bord d'une falaise et qu'il va bientôt s'engouffrer dans un abîme. Que les autres sont innocents !

« Annule la manifestation. Tout de suite, sinon, ce serait trop tard », marmonne Wang Juin.

Le visage de Liang ne reflète aucune expression, la terreur l'a figé. Sa voix lui semble étrangère.

« Dis-moi, Wang, tu n'as pas cherché à savoir pourquoi la police n'a rien fait à l'Anhui ?

— Non. Il s'agit sans doute d'une négligence. J'aurais dû le deviner dès le début, explique Wang d'un air désolé, mais, comme tout le monde parle de cette lutte entre les dirigeants...

— Moi aussi, je n'arrive pas à croire qu'ils puissent nous réprimer alors qu'ils ont accumulé tant de promesses pour la démocratisation. C'est même très dangereux pour le Parti.

— Tu as raison, ce mouvement met le Parti à l'épreuve. Il est obligé de se démasquer. C'est pourquoi les dirigeants sont en colère. »

Wang Juin s'arrête devant un mur à demi écroulé et en arrache une herbe pour la glisser dans sa bouche, puis, en mâchant : « Liang, ne cherche pas plus loin, arrête vite tes troupes. Notre vie, notre avenir sont en jeu. Le proverbe dit : " Tant que la montagne reste, on n'aura pas de souci pour le bois. "

— Je comprends, dit Liang d'une voix blanche, mais je regrette quand même pour le Parti. Ils vont perdre la confiance... »

Liang s'arrête de parler. La déception lui serre la gorge. C'est vrai que depuis longtemps il n'a plus confiance en les dirigeants. Ils ont préparé leur manifestation avec une méfiance totale, en prévoyant le pire. Mais, au fond de lui, il veut toujours entretenir un espoir. Il serait si beau qu'ils puissent se consacrer à l'avenir de la Chine dans le même sens que le Parti ! La Chine serait si forte, l'avenir serait si beau...

Voyant que Liang ne décide pas, Wang Juin reprend : « Toi, tu as un grand défaut : c'est que tu ne sais pas contourner le problème. Le chemin tourne, pourquoi marcher tout droit ? Un homme sage ne subit jamais d'agressions... Ton entêtement me déçoit. »

Il a raison, il faut savoir suivre le vent fort et baisser la tête sous le balcon. Xué-Yan aussi a raison. Leur manifestation consiste à vouloir écraser un rocher avec des œufs. Si on est intelligent, on n'entreprend pas un combat perdu. La démocratie, la liberté, des mots si plaisants à entendre, l'avenir de la Chine, la civilisation millénaire, cette race sélectionnée par la misère de tant de siècles, combien cela coûtera-t-il à Liang ? Il est tellement facile de choisir l'égoïsme.

Liang aurait aimé frapper le sol de violents coups de pied. Cette terre qui s'appelle la Chine, ce pays qui a connu tant de gloire, qui a produit tant de héros, maintenant peuple de traîtrises, de conspiration, de mensonges, de méchanceté et de résignation. Il faut baisser la tête sous le balcon, d'accord.

« Le proverbe dit : " Un homme fort ne pousse pas de soupir " », pense Liang en fermant la bouche, étranglant sa respiration irrégulière.

Wang Juin tombe aussi dans un profond mutisme. N'est-il pas triste de voir avorter le premier mouvement politique dans lequel il a voulu s'investir ? Liang relève la tête et sent leur tristesse commune : ils se reconnaissent et vivent une connivence à deux. Liang ressent un plaisir fragile. C'est cela l'amitié peut-être : réagir de la même manière au même moment.

« Dis, Wang, tu crois que la Chine a encore de l'espoir ?

— Sans doute. On a toujours un espoir… Nous allons suivre la même stratégie : le Parti est trop puissant pour qu'on le renverse, quoi qu'on fasse. Mais nous pouvons nous comporter bien envers lui, gagner sa confiance, le pénétrer, devenir le Parti à notre tour, prendre le pouvoir, et pour finir réaliser notre idéal. »

Le ton ferme de Wang Juin montre son ambition. Sa confiance en lui est tangible.

« Je suis d'accord avec toi. Mais pénétrer le Parti est une si longue affaire ! Ce n'est pas le courage et la patience qui nous manqueront, mais, à travers cette longue pénétration du pouvoir, ne crois-tu pas que nous-mêmes nous risquons de devenir identiques à eux ? Que nous nous transformerons au fil des années ? Et que nous marcherons dans leurs pas ? »

Wang Juin se tait.

« Alors, quel est l'avenir de la Chine ? »

Wang ne répond toujours pas. Liang a raison : nos pères ont accompli le même parcours. Ils ont commencé avec un idéal et fini par avoir créé la misère. Eux, des hommes autrefois si forts, si brillants, n'ont pas pu échapper à l'érosion de la société. Leur bateau s'est enlisé. En quoi Liang et Wang, fils de ces hommes, peuvent-ils s'en trouver améliorés ? C'est la Chine, c'est sa civilisation, son histoire. Rien à faire !

Un coup de vent soulève un tourbillon de poussière, quelques feuilles mortes dansent devant leurs yeux. Au-dessus de leur tête, le soleil émet une lumière glaciale qui rend les deux hommes plus trapus dans leurs manteaux, formant un rond sous leur corps minuscule, les jambes écartées.

« Liang, je rentre. Je dois encore téléphoner à Hong pour lui raconter tout cela. Elle attend de nos nouvelles.

— Hong ? »

Un éclair passe dans les yeux de Liang. Comment ? Hong s'intéresse toujours à lui ? A leur mouvement ? Est-elle avec Wang Juin pour observer l'affaire ? L'éclair s'éteint. Hong est maintenant fiancée à Wang. Elle non plus n'a pas le moyen de faire tourner l'histoire.

Wang Juin serre la main de Liang. Cette poignée chaude lance un courant violent dans le corps de Liang : « Préviens le plus vite possible tes camarades, arrêtez toutes les tentations. Nous sommes responsables de leur sort, nous n'avons pas le droit de les envoyer en prison. Au revoir, Liang. »

Il allait partir. Liang le regarde sans savoir s'il veut le retenir ou le laisser s'en aller. Chaque geste de son ami déclenche chez lui une lueur d'espoir et en même temps le désespère. Tout est fini. Il va ordonner à Chou d'annuler la réunion de ce soir, prévenir ses hommes de faire machine arrière, camoufler les traces de l'organisation, et laisser tomber la colère collective qu'ils ont contribué à soulever.

Le vent soulève le pan de son manteau et gèle deux larmes sur ses joues.

Après quelques pas, Wang Juin revient lui serrer la main et lui dit : « Je n'ai pas pris contact avec des journalistes étrangers, étant donné la situation…

— Tu as raison. Dis bonjour à Hong de ma part si tu lui téléphones. »

Les épaules de Wang Juin chancellent une dernière fois et disparaissent derrière un fourré de bambous morts. Le soleil semble plus loin, plus haut. Le ciel se disperse. Seul le vent continue à scier les deux côtés de son visage, en chantonnant sous ses oreilles. Liang ne sait plus combien de temps a passé quand, péniblement, il arrache ses pieds du sol où l'accablement les a plantés, et s'avance lentement vers les habitations.

« Merde, on arrête tout… »

Un pavillon ancien, style fin Ming, apparaît à travers les branches des sapins. Ses angles soulevés, portant une rangée d'animaux, ressemblent à des museaux de certains monstres légendaires. Devant lui, des blocs de pierre, érodés par le temps, s'entassent les uns sur les autres, l'air interrogatif avec leurs trous comme des yeux effrayés.

« C'est réconfortant de choisir l'égoïsme... », soupire Liang en pensant que Xué-Yan, enchantée, va se donner à lui un peu plus. Mais son désir de femme reste bloqué dans la partie spirituelle de son corps et n'arrive pas à descendre. Une fureur sourde emplit sa personne, chassant ses envies ordinaires.

Il poursuit sa marche. Le reste du jardin finit par une nappe de sable sur un sol gelé. Liang lève la tête. Une première image vient l'agresser : de grandes affiches en gros caractères sautent devant lui.

« Appel ultime aux fils de la Chine : l'avenir de la nation tombe sur vos épaules. Le moment de se sacrifier pour la patrie est arrivé. »

« L'égoïsme et la lâcheté enterreront notre avenir. »

Sous ces slogans, de petites affiches se sont multipliées, gagnant presque tous les murs du quartier étudiant. Les textes passent des slogans et des mots d'ordre aux faits, à la dénonciation. Une affiche révèle qu'un ministre a signé un contrat au désavantage du pays pour faire plaisir au commerçant japonais qui lui avait offert un poste de télévision. Une autre raconte que le Parti a dépensé de grosses sommes d'argent pour inviter trois mille jeunes Japonais (affaire que tout le monde connaît), pour, en échange, envoyer une « délégation amicale du peuple chinois » au Japon, en réalité, enfants ou femmes des gens au pouvoir...

Devant ces affiches, la foule hurle avec des éclats de rire. Sur une terrasse, quelqu'un commence à parler, d'une voix de plus en plus haute :

« Camarades, unissons-nous et venons nombreux ce soir à la réunion. Nous allons élire un comité pour diriger ce mouvement... »

« Nous allons manifester sur la place Tien-An-Men ! »

Des exclamations se font entendre aux quatre coins de l'université.

Dans un premier temps, Liang éprouve un sentiment d'amertume. Tant d'ardeur, tant de courage à enterrer au fond du cœur !

Le Parti a décidé de s'obstiner. Personne ne peut rien faire. Liang va donner l'ordre de retirer ses hommes. L'affaire va s'éteindre. Pourtant, en déchiffrant ces affiches, en regardant les étudiants s'agiter, une énergie nouvelle le submerge. Sa déception s'évapore. Son sang habite de nouveau son corps.

Un orateur sort de la foule et commence un discours. Il n'appartient pas au groupe de Liang. Parmi les masses qui s'exclament, Liang ne discerne aucun visage connu. Le mouvement est déclenché. Ce n'est pas un mot d'ordre émanant d'une seule personne qui pourra l'arrêter. Ses étudiants restent peut-être l'ossature du mouvement, mais l'ensemble ne dépend plus d'eux. Encore faut-il connaître la situation ce soir.

Quelques étudiants viennent afficher de nouveaux dazibaos, avant de se dissimuler précipitamment parmi la foule qui s'approche pour les lire à haute voix. Tout à coup, on entend des exclamations de l'autre côté du bâtiment où tourbillonne une fumée noire. La foule s'y porte.

« On brûle les journaux d'aujourd'hui !

— *Le Quotidien du peuple* a publié un article qui fait allusion à la manifestation de l'Anhui, en l'accusant d'être provoquée par les agents de Taiwan.

— Les agents de Taiwan ? »

Tout le monde éclate de rire.

« Mais ce sont les premiers signes de l'unification du pays ! »

Encore des éclats de rire.

« Oh ! On y va !

— Brûlons le papier de mensonges ! »

Liang demeure un moment interdit. Brûler l'organe du Parti en public ! Comment croire que des étudiants soient allés si loin ? Il ressent un sentiment d'impuissance pendant que les gens se ruent vers la fumée : personne ne lui a jeté un regard, personne ne se rend compte de sa présence. Liang tu te trompes, ne te crois pas sauveur du monde ! Tu n'as de pouvoir sur qui que ce soit. Si tu as été apprécié et que tu as obtenu un certain prestige auprès des étudiants, c'est parce que tu avais toujours agi dans leur sens. Tu as su, à un moment donné, dire ce que chacun voulait exprimer ; Liang, tu n'es qu'un des représentants de la volonté des étudiants. Tu étais fort parce que tu étais avec eux. Par contre, si tu vas choisir l'égoïsme, si tu veux être plus intelligent que les autres, tu ne représenteras plus rien, tu seras oublié, abandonné, un grain de sable au fond de la mer. Le mouvement aura lieu sans toi, malgré toi, c'est tout.

« Voilà l'espoir de la Chine ! »

Liang reprend sa marche vers la foule. Ses pas deviennent plus fermes, ses yeux recommencent à briller : personne n'est responsable du destin de l'autre. Il se trompe, Wang Juin se trompe aussi. La seule attitude responsable, c'est d'assumer son devoir, avec courage, sans chercher à être plus malin que les autres, mais à être l'un des autres. Liang ferme ses poings.

« Li Liang, Li Liang ! »

Une voix familière crie derrière lui, il tourne la tête et voit le Grand Yao accompagné par deux jeunes gens, l'un est étudiant à l'université de Quin Hua, l'autre à l'Ecole normale supérieure.

« Ça va, Liang ? »

Yao s'approche de lui. Ses pas font penser à la marche d'une sauterelle.

« Comme vous le voyez.

— Demain, pas de problème ? »

Le ton de son ami est aussi chaleureux, aussi confiant, teinté de fierté et d'admiration. Il a sans doute visité le campus. Sous son regard interrogateur, Liang ne sait quoi répondre. Il n'ose pas affronter le regard de Yao. Il aurait voulu poser une question, mais quelque chose l'en empêche.

« Nous vous attendons demain à 10 heures, sur la place Tien-An-Men, dit le garçon de l'université Quin Hua.

— D'accord... »

Le Grand Yao tourne la tête, constate qu'il n'y a personne autour d'eux et murmure d'un ton confidentiel : « La décision du Parti n'a pas été prise. Les dirigeants se séparent en deux camps. Il y a eu une discussion très tendue entre eux sur les problèmes de la réforme. Certains sont contre, mais les principaux dirigeants hésitent. Notre mouvement survient au bon moment. Nous avons de grandes chances de gagner... »

Liang ne dit rien. Il le regarde. Ce visage maigre, ces yeux profondément enfoncés sous les sourcils, sa pomme d'Adam ressortie, le Grand Yao qui a été son maître à penser, son inspirateur, qui lui a fait comprendre le sens de l'amitié, de la grandeur de l'homme, et l'esprit de leur cause !

« Nous allons faire un tour ailleurs. Prends garde à toi », dit Yao. Il a sans doute remarqué l'attitude étrange de son ami.

Pour la première fois depuis qu'ils se connaissent, le Grand Yao lui tend la main, d'un geste large, exprimant la générosité. Liang la saisit avec confusion. Cette poignée de main lui procure des sentiments mêlés : une intimité ancienne, la confiance retrouvée, une compréhension profonde, et aussi une distance entre eux, l'affirmation mutuelle de leur indépendance et de leur responsabilité.

« Au revoir. »

Liang marmonne en reprenant sa marche. Inconsciemment, il se dirige vers le bureau de la revue : Xué-Yan est peut-être encore là. Leur discussion n'est pas achevée.

Chou vient à sa rencontre.

« Ça y est, tout est réglé ! dit Chou à voix basse.

— Qu'est-ce qui est réglé ?

— Tu ne m'as pas demandé de régler le problème des extrémistes ?

— Si, j'ai failli l'oublier... »

Liang allait évoquer l'information de Wang Juin quand Chou le coupe.

« Yao est revenu.

— Tu ne veux toujours pas le revoir ?

— Non. »

Liang comprend l'attitude de Chou. Mais il n'a pas le temps d'éclaircir les détails.

« Chou, j'ai beaucoup de choses à te dire.

— Je le sais. Mais, avant tout, va voir ton père. Il t'attend. »

Paralysé, Liang ne sait plus mettre ses pieds l'un devant l'autre. Son père est là, devant sa Jeep, le regardant de loin, avec comme toujours, ce sourire serein, ses yeux à demi fermés sous le soleil.

« Je savais qu'il viendrait », se dit Liang en se dirigeant vers lui.

Hong se réveille en grelottant de froid. Elle a les mains et le corps humides : elle a dû transpirer dans la nuit. Le drap est mouillé de sueur. « De la fièvre. » Ce mot vient subitement à son esprit et la fait sursauter dans le lit.

« Je dois mener ma propre vie. »

Une mollesse la gagne juste au moment où elle veut bouger. Comme chaque matin, elle résiste le plus longtemps possible à l'envie de se lever. Il ne s'agit pas de paresse ni de manque de volonté, mais plutôt d'une difficulté instinctive de passer d'un état à l'autre. Elle éprouve autant de mal à se mettre au lit le soir, même si elle en a envie. Depuis son adolescence, Hong vit, chaque matin, la peine d'être coincée entre l'envie d'entreprendre et la résistance à cette envie. Aujourd'hui, elle s'abandonne : la discussion d'hier soir l'a accablée.

« Les microbes nous attaquent au moment où nous sommes faibles. »

Hong se souvient de ce que disent souvent les médecins.

Pendant un moment, on dirait qu'elle préfère cette fièvre qui habite son corps. Une sorte de mollesse presque agréable, un flou de l'esprit, une inertie dans les membres, le tout dans un état conscient. Tu es toujours maître de toi-même. Tu peux te donner la force pour bouger les orteils, les doigts, ou les paupières. La paresse règne sur toi comme un drap léger qui se soulève là où tu bouges, la difficulté d'agir recule lorsque tu la repousses. Elle ne demeure que si tu la laisses… Etre maître de soi-même, de son corps, peut-on mieux goûter ce plaisir que lorsqu'on est malade ?

« Mener ma propre vie ! »

Hong ouvre les yeux et les fixe sur la fenêtre. Le soleil de Pékin en hiver, si clair, si limpide, mais si paresseux et si froid, représente la vie humaine. Lumière éblouissante, chaleur lointaine, attirance irrésistible, mais indifférence, presque cruelle. Le soleil t'attire, mais il t'abandonne chaque fois que tu veux compter sur lui.

Le téléphone. Hong regarde sa montre, il est 11 heures. Elle attend pour se lever que la bonne vienne frapper à sa porte.

« Le téléphone pour vous, de la part de Wang Juin. »

Hong ne se presse pas. Elle ressent une autre sorte de plaisir, celui de faire attendre pendant qu'elle s'habille lentement. D'un pas traînant, elle arrive dans le couloir et prend l'écouteur.

« Quoi de neuf ? »

La voix de Wang Juin est lasse et triste.

« Beaucoup de choses. Je peux venir te voir ?

— Je suis malade.

— Raison de plus pour que j'arrive. Je peux venir ? »

Hong hésite et se souvient de ce qui s'est passé hier soir dans la résidence secrète sur la colline. Leur relation a changé.

« Je ne préfère pas. J'ai de la fièvre... On peut se voir une autre fois.

— Bon..., bredouille Wang Juin, triste.

— Tu peux me dire en deux mots ce qui se passe à l'université. Tu as vu Li Liang ?

— Oui, je l'ai vu. Ils étaient excités par la manifestation de l'Anhui. L'université est troublée. On affiche partout des dazibaos. Les étudiants ont décidé d'organiser une autre manifestation.

— Quoi ?

— Je dis qu'ils préparent une grande manifestation, si cela te fait plaisir !

— Pour quand ?

— Pour jamais ! dit Wang Juin avec rage, les autorités vont les punir !

— En effet, mon père me l'a dit hier soir.

— Je viens de les prévenir. Maintenant ils se sont calmés depuis que je leur ai dit que la police les écraserait...

— La police les écrasera ?

— Calme-toi. Ne hurle pas si fort puisque tu es malade. Pour te dire la vérité... Tu es seule à la maison ?

— Avec la bonne, mais ça ne fait rien, dis toujours.

— J'ai lu la directive urgente du Parti dans le bureau de mon père, et aussitôt j'ai vu son secrétaire. Les autorités ont pris la décision de réprimer toute révolte.

— Merde !

— Ne crains rien, Liang est au courant de tout. Ils ont tout arrêté.

— Ils ont tout arrêté ?

— Que veux-tu qu'ils fassent dans une telle situation ? Je leur ai demandé de tout arrêter.

— ... Tu as bien fait, Juin.

— Tu restes à la maison si tu ne te sens pas bien. De toute façon il n'y a plus de cours puisque tout le monde est dehors. Je passe te voir dans l'après-midi ?

— Plutôt ce soir.

— Bon, à ce soir. Si tu veux venir chez moi, je serai seul à la maison.

— Bon, je viendrai. »

Hong raccroche le téléphone, un blanc dans la tête. Le coup de téléphone a coupé le fil de son espoir. Elle sait que, si le Parti a décidé de réprimer tout mouvement libéral, personne ne peut agir. Pourtant, elle garde inconsciemment une lueur d'espoir envers la manifestation de l'Anhui, comme pour ce qu'elle va provoquer dans le reste du pays. Elle songe à la réaction de Liang à la tête d'une bande de « résistants » dont elle faisait partie il n'y a pas longtemps. Maintenant, tout est fini.

« Vous voulez prendre votre petit déjeuner ? lui demande timidement la bonne.

— Oui. »

La bonne lui apporte du bouillon de riz quand, tout à coup, une idée surgit dans la tête de Hong : ce n'est pas vrai ! Liang ne renonce pas si facilement, ce n'est pas dans sa nature. Hong a milité pendant longtemps à côté de Liang. Elle le connaît bien. Cette idée la réveille, l'image de Liang s'imprime de plus en plus nette dans son esprit : Liang a le sang chaud. Il ne fait pas demi-tour tant que ses idées ne sont pas accomplies ou pulvérisées. Il ne s'incline jamais même si, devant lui, un mur lui tombe sur la tête ; le simple fait de savoir que les autorités sont contre ce mouvement ne peut l'entraver. N'a-t-il pas toujours agi malgré les autorités ?

Hong avale péniblement le bouillon de riz, excitée par cette nouvelle idée. Elle voit plus clair. Le monde a peut-être encore de l'espoir grâce à ces espèces d'hommes stupides. Oh ! Que Hong, en ce moment veut revoir Liang ! Ne serait-ce que croiser son regard de défi devant une catastrophe imminente, son visage coincé entre la rage et l'impuissance, sa bouche un peu retroussée indiquant une opiniâtreté stupide, et un certain sourire qui trahit une moquerie de tout et de soi-même... Hong l'a si bien connu, il lui est si familier.

« Ils sont tous deux différents, mais ils ont tous deux raison, sauf moi... »

Hong comprend tout : Liang veut réaliser son idéal en dépit du Parti. Wang Juin n'a un idéal que lorsque le Parti le lui accorde. Elle a le même but que Liang, mais elle veut le réaliser en accord avec le Parti. Liang a raison quoiqu'il ait tort vis-à-vis de la réalité : il se fout de la réalité. Wang Juin a raison, puisqu'il adhère à la réalité elle-même. Seule Hong se trompe, parce que leur idéal et le Parti font toujours deux. La seule solution : choisir entre Wang Juin et Liang.

« Il est en danger ! »

Hong sursaute : elle doit être à côté de Liang en ce moment. Seule elle peut le protéger.

Malgré tout, Hong décide de se rendre à l'université.

二十一

Au nord de l'université de Pékin, un chemin serpente entre un boqueteau d'arbres morts, des champs désertés, des étangs gelés couverts de feuilles sèches de lotus. Sur les plus hautes branches des peupliers, quelques corbeaux poussent des cris lugubres. Au loin, le vent devient visible sous le soleil, tel une image de rivière coulant dans l'air, au-dessus des champs. Déformées, deux silhouettes nagent dans cette eau transparente, leurs mouvements saccadés font penser à un théâtre d'ombre.

Dans ses chaussures ouatées, épaisses et énormes, Li marche d'un pas ferme, hésitant toujours à parler.

« Je savais que tu allais venir, dit Liang, plutôt pour délivrer son père de sa gêne.

— Tu dois savoir aussi pourquoi je suis venu.

— Sans doute.

— Alors, ne me déçois pas », dit Li, s'arrêtant sur un pont de fer rouillé. En dessous, le ruisseau s'est déjà séché, il ne reste que quelques fragments de glace, couverts d'ordures.

« Pour rien au monde. »

Le silence. Ce silence s'harmonise si bien avec le paysage désolé que ni le père ni le fils n'entendent le briser. Ils sentent tous les deux leur pensée loin de leur corps. Un ralentissement du temps les rend maladroits avec les mots.

« Alors... dis-moi, c'est toi, l'organisateur de ce mouvement ? » demande Li tout à coup brisant le silence. On dirait qu'il voudrait surprendre son fils pour pénétrer plus facilement à travers sa carapace.

Liang devine une fierté dans le ton de son père, si bien camouflée que seul le fils puisse la ressentir.

« Non, pas vraiment, répond Liang qui rougit un peu, par honte d'avoir menti ou par modestie.

— Tu sais que le Parti ne peut tolérer ce genre de chose ? Votre révolte sera condamnée en tant que crime.

— Oui, je le sais, répond Liang en baissant la tête pour éviter le regard de son père.

— Alors, arrête tes bêtises. Je te le demande. »

Le ton est ferme, autoritaire, mêlé à la fois de supplication et de tendresse ; le ton qui a le plus de pouvoir sur son fils.

« Papa ! puisque je t'ai dit que ce n'était pas moi... »

Liang réplique en relevant brusquement la tête. Mais en vain. Cette hardiesse le trahit autant que la peur d'être découvert ne peut le cacher. Ses yeux ont tout démenti.

Son père le regarde. Les yeux dans les yeux, les deux hommes s'acharnent. Que s'est-il échangé, en cet instant, entre ces deux regards, l'un, aussi autoritaire que tendre, l'autre à la fois menteur et innocent ?

Li finit par renoncer. Il sait que dans un sens ou dans un autre, son fils sera toujours plus fort que lui. Car dans ce genre de duel, la cruauté de gagner est plus puissante chez le fils que chez le père. Li se remet en marche, évitant de regarder Liang qui, désarmé par la capitulation de son père, le suit docilement.

Au bord du chemin, le blé mort qui attend l'arrivée du printemps le fait penser aux années de misère dans lesquelles il avait entraîné son fils. Il en éprouve pourtant une consolation : si, par obligation de son idéologie ou de sa carrière, il l'a fait souffrir, les épreuves prématurées de son enfance l'ont solidement façonné. Cette indépendance farouche, cette cruauté d'être le plus fort, même en obligeant son père à plier, cette carapace impénétrable ne sont-elles pas dues aux souffrances d'une enfance douloureuse ? Les cicatrices sont les points les plus solides du corps. Les injustices de la vie ont finalement servi Liang. Le ciel lui a rendu un bon fils, que peut-on espérer de plus ? Li marche en silence, le pas de Liang résonne à son côté, qui, scrupuleux, naïf, semble lui parler d'une voix muette. Il pense que leur conversation ne peut se dérouler à travers le corps, par une voix intérieure, mais pas ouvertement, avec les mots. Il n'a rien à reprocher à son fils, mais seulement un souhait pour lui : qu'il ne devienne pas aussi aveugle que lui.

« Papa, tu veux un mouchoir ?

— Non, non, c'est le vent. »

Li prend le mouchoir que Liang lui tend et essuie ses yeux. La vieillesse.

Liang cherche à les mettre plus à l'aise :

« Papa, tu te souviens, chaque fois que tu viens me voir, nous nous promenons dans cet endroit sinistre, tandis que mes camarades conduisent leurs parents dans de grands parcs pour visiter des monuments historiques.

— Ce n'est pas grave, j'aime cet endroit. Il n'y a personne, on peut parler... Où se trouvent ces ruines déjà ?

— Les ruines des palais d'été ? Pas loin, au bout de ce chemin. »

Les deux hommes se remettent en marche vers le nord, en tenant toujours cette distance, le père un peu en avant, le fils légèrement en arrière. Leurs pas, quoique différents, s'accordent. Les champs deviennent plus sauvages. Dans la forêt dense et désordonnée, les arbres sont presque aussi minces que des herbes. Des roseaux morts avalent le chemin. Le vent souffle plus doux, le soleil se réchauffe. Leurs pas se posent sur des herbes mortes, le père et le fils se croient tous deux dans un monde irréel. Li semble avoir oublié la raison de sa venue. Contemplant au loin les rochers tourmentés, les stèles brisées, il dit d'un ton grave, éternel : « Liang, tu sais, tu es la seule racine de la famille Li. Ta mère et moi, appartenons au passé. Nous avons encore sans doute des années à vivre, mais ces années ne seront qu'une survie, qu'un prolongement d'un chemin déjà parcouru. Nous ne pouvons que compter sur toi ; notre seul espoir sera dans ce que tu auras accompli dans la vie. La responsabilité d'une famille, c'est très lourd. Tu dois agir dans le sens du clan Li. Tu n'as pas le droit de décider pour toi seul, car ce nom Li, si sacré, si noble, est en jeu...

— Papa ! »

A cause d'une défaillance de contrôle de soi, Liang laisse échapper un gémissement. Il n'a jamais connu à son père ce ton si pathétique, presque lamentable. Dans ce renoncement à la responsabilité familiale, il ressent tout à coup l'âge de son père, une vieillesse prématurée qu'il cache maladroitement. Son père a été accablé par trop de malheurs dans sa vie, répondant le premier aux appels du Parti, envoyé chaque fois aux endroits les plus difficiles, subissant des injustices durant sa carrière sans se plaindre. Il n'a jamais été égoïste, jamais été méchant, jamais su contre-attaquer. Maintenant, sa carrière touche à sa fin. Il n'a rien à espérer de son idéal d'autrefois. Encore moins de sa réalisation. Comme il a toujours devancé sa vie, il a le droit de vieillir plus tôt que les autres. Par une perception trop poussée de la vie, une faiblesse de caractère, l'épuisement de ses forces et de sa volonté, il refuse de jouer le jeu et préfère accepter, plutôt choisir, la vieillesse.

« Papa... »

Liang n'arrive pas à dire la suite. Cette vieillesse paternelle, subitement ressentie, provoque chez lui un trouble profond. S'il avait tellement confiance en lui-même, s'il a tant voulu être indépendant, décider seul, s'il a tant fait pour se bâtir une carapace contre le pouvoir paternel, c'était parce qu'il savait qu'au-delà de lui, il y avait son père, ces épaules solides, cette poitrine large, cette source inépuisable de force et de confiance. Maintenant, ce mur protecteur s'écroule, Liang se trouve seul. Il ne peut exister que dans cette indépendance constamment réclamée. Il se rend compte alors qu'il a besoin de ce soutien familial, de cette protection paternelle, et qu'il voudrait redevenir un enfant, faible et protégé.

« Lorsque ton grand-père est mort, j'avais vingt ans, le même âge que toi, reprend Li de sa voix lointaine. La responsabilité de la famille m'a échu brusquement. Je n'ai pas refusé. Papa a commis beaucoup d'erreurs dans sa vie, notamment une plus grosse, impardonnable, mais notre famille a tout de même prospéré. Dans notre champ de tombes, on comptera un préfet de région... Personne ne remplace personne. Maintenant, c'est à ton tour, à toi d'agir. »

En disant cela, Li avance de quelques pas plus larges, comme s'il voulait accentuer la distance entre lui et son fils. Pour la première fois, Liang sent qu'un lien invisible, un attachement intérieur, un cordon ombilical paternel, est coupé entre lui et son père... Il a voulu franchir ces quelques pas pour combler cette distance, pour rattraper l'autre bout du cordon encore saignant, afin d'y joindre le sien... Mais il n'a pas pu. Par une force étrange,

Liang a conservé cet espace entre eux. Il est resté derrière son père.

Li s'arrête, apercevant que Liang ne l'a pas suivi. Après une hésitation, il traîne de nouveau ses grosses chaussures et revient vers son fils, en souriant d'un air d'excuse :

« Enfin, ce n'est pas grave. Je souhaite que tu en sois conscient. C'est tout. Evidemment, je ne vais pas t'abandonner. Au contraire, je serai plus près de toi pour t'aider, pour t'apporter ce qu'il te faut. Tu vois, pourquoi je suis venu aujourd'hui ? Hé, hé, hé, dit-il en toussant un peu, je n'aurais pas dû te parler ainsi peut-être, seulement... »

Il sourit, ne trouvant plus ses mots. Des larmes coulent de ses yeux, mais il sourit. Il s'essuie les yeux avec le mouchoir qu'il n'a pas rendu à Liang :

« C'est le vent, le vent... »

Liang sourit lui aussi. Il reprend sa marche à côté de son père. Des remords bouillonnent dans son cœur : il n'aurait pas dû mentir au début. Son père sait la vérité sur lui, seulement, il n'a pas voulu briser sa carapace. Il a contourné la question, en lui faisant comprendre l'importance de ses actes pour la famille. Comme il croit que Liang n'a pas bien pris les choses, le voilà malheureux, sans savoir l'exprimer.

Regrettant d'avoir rendu son père malheureux, Liang, du coin de l'œil, observe le profil de son père : sur son oreille, ses cheveux deviennent blancs, on dirait du givre. Il est couvert de rides, même sur le lobe de l'oreille auparavant si tendre. Liang aimerait avouer à son père qu'il a menti, que c'est bien lui l'organisateur de ce mouvement, qu'il va suivre le conseil de son père, et laisser tomber cette erreur...

A ce moment, Li parle :

« Liang, tu vois, cette terre, elle a une âme. »

Liang avale ses mots sous la gorge :

« Oui, papa... »

Ils se trouvent parmi les ruines. Devant eux, des herbes sauvages, des pierres superposées laissent deviner d'anciens motifs en relief, ponctués par-ci, par-là, de fleurs sauvages, couleur de sang.

« Les Français et les Anglais ont brûlé de si grands palais... », marmonne Li, les mains derrière le dos.

Désemparé, Liang ne sait quoi dire. Pourquoi son père a-t-il changé brusquement de sujet tandis qu'il parvenait à son but ? Ne fait-il pas exprès de l'empêcher de parler ? Le jeune homme regarde son père et comprend tout à coup : si le fils lui disait pardon, que pourrait-il répondre ? Cela ne représenterait-il pas une catastrophe pour le père ?

« Ils ont tout brûlé, les Français et les Anglais... »

Li s'assoit sur une grosse pierre et continue :

« Tu sais, Liang, ces palais auraient dû se trouver chez nous, à Wen-An... Lorsque, il y a deux mille ans, notre roi Yan, venu du Sud, voulut construire sa capitale, au début, il avait préféré s'installer au bord de la mer, mais il n'a pas pu car la mer de l'est n'est pas stable. Alors, il a demandé à son archer de lancer une flèche vers l'ouest. Ainsi a été fixé l'endroit où nous habitons actuellement. C'était un petit village. Le roi n'a pas voulu déranger les habitants. Il a demandé de lander une autre flèche vers le nord ; et ainsi a été fondé Pékin. De chez nous à la mer, on compte deux cent quarante lis, et de chez nous à Pékin, deux cent quarante lis. Cela représente le parcours d'une flèche à l'époque, beaucoup plus loin qu'une balle de fusil. »

Liang s'assoit près de son père. Cette légende du roi Yan semble l'attirer loin du lieu où son corps se trouve.

« Nos ancêtres étaient les premiers hommes du Yan.

— Mais oui, poursuit Li, notre famille Li faisait partie du clan royal. Pour indiquer notre identité, le Roi nous a coupé l'ongle du petit orteil gauche en deux. Et, depuis, tous nos enfants possèdent un ongle double dès la naissance. C'est le signe des hommes de Yan. »

Liang s'affole. Depuis longtemps il avait remarqué qu'il portait un double ongle au pied gauche, mais il n'en connaissait pas la raison. A l'école, avec ses camarades de dortoir, ils s'amusaient à comparer leurs pieds. Liang était le seul doté de cette particularité, ses amis se moquaient de lui. Il ne pourrait jamais soupçonner qu'il s'agissait du signe de l'ancien royaume Yan.

Malgré le froid, il enlève sa chaussure et regarde son pied gauche : sous le soleil, ses cinq doigts de pied semblent être éblouis par la lumière. L'air innocent, ils se pressent les uns contre les autres. Le petit, un peut sale, déformé déjà par la chaussure, se courbe davantage. Il porte cet ongle double.

« Voilà notre signe, dit Li en regardant le pied de Liang. Moi aussi, je l'ai, toute notre famille l'a. »

Liang a compris : ce qu'il a accompli jusqu'à présent n'est qu'une réalisation de son destin. L'ancien royaume de Yan est connu par ses hommes qui ont le sens de la vérité et de l'honnêteté, des hommes qui ne disent jamais « non » même si on leur met le couteau sur la gorge. Tel est l'honneur de la famille, des Li. Plus que jamais, il s'en veut d'avoir menti à son père, d'avoir pris une décision seul sans penser à l'avenir de la famille dont les destinées lui incombent... Pourtant, pourtant, il sait que le mouvement des étudiants va être écrasé par la police, que lui, Liang, court un grand danger, or il est le dernier membre issu de sa famille... mais s'il renonçait à cette lutte, ne serait-ce pas une autre façon de déshonorer la famille Li qui, des empereurs Tang jusqu'à nos jours, n'a connu ni lâcheté ni traîtrise ?

« Papa, j'ai compris... »

Li regarde au loin et tamponne de plus en plus fréquemment ses yeux. Il ne cherche plus à dire ni à désirer quoi que ce soit.

« Il est plus de midi. Nous allons prendre quelque chose en ville, puis je rentre.

— Mais papa, tu viens pour...

— Pour te voir, seulement te voir. »

Li se lève lentement, les mains derrière le dos. Il s'en va sans regarder Liang qui demeure le pied nu, sur ces pierres en ruine.

« Papa ! »

Liang n'arrive pas à pousser ce cri.

二十二

Dès que Hong franchit l'entrée du campus, elle obéit à une pulsion. L'université est couverte d'affiches dont les phrases sont plus excitantes les unes que les autres. Elle n'éprouve que le désir de se révolter, de militer et de crier : « La liberté ! La démocratie ! » Sa fièvre se transforme en une passion d'agir. Elle appuie de toute sa force sur les pédales de sa bicyclette, et parvient au bâtiment 30 où elle espère rencontrer Liang.

Après leur repas, devant l'entrée du bâtiment, beaucoup d'étudiants, le bol vide dans les mains, se groupent sous le soleil et chuchotent entre eux d'un air mystérieux. Hong sait de quoi il s'agit : la manifestation imminente. Cela augmente son impatience de voir Liang et, baissant la tête afin d'éviter de rencontrer des amis, elle court vers l'entrée de l'immeuble.

« Li Liang... », crie Hong sans hésitation en poussant la porte du bureau du *Lac sans nom*.

Une grande surprise l'attend. A la place de Liang, derrière le bureau, se trouve assise Xué-Yan, seule, les yeux sans regard.

« Li Liang n'est pas là ?

— Non... »

Elle cache son visage dans les mains, sans vouloir parler davantage. Mais Hong est trop pressée pour se rendre compte de l'état d'âme de Xué-Yan.

« Où est Li Liang ? Tu l'attends depuis longtemps ? »

Xué-Yan ne lui répond pas. D'une poussée brusque du torse, elle se tourne vers l'angle de la pièce.

« Mais où est-il ? »

Hong allait s'énerver mais elle commence à prendre conscience du trouble de Xué-Yan. D'ordinaire, les deux jeunes filles se parlent à peine. Hong ressent en général une impression bizarre à l'égard de Xué-Yan. Elle sait qu'elles ne s'aiment pas, mais ne se détestent pas non plus. Elles sont liées à un seul homme, c'est tout ce qu'elles savent l'une de l'autre, comme si elles n'existaient l'une pour l'autre qu'à travers cet homme. Ce qu'elles apprécient chez l'une est juste le contraire de ce qu'aime l'autre, ce qui constitue un obstacle entre les deux jeunes filles. Hong ne comprend pas comment Liang et Xué-Yan peuvent s'aimer tout en étant si différents.

« Vous vous êtes encore disputés ? » demande Hong en s'approchant de Xué-Yan.

Comme celle-ci ne répond pas, elle ose mettre sa main sur son épaule. Les querelles entre Liang et sa fiancée sont connues en faculté. Hong les trouve normales puisqu'ils n'ont pas la même conception de la vie. Quelquefois elle s'est amusée à entendre parler de leurs discussions. Aujourd'hui, Xué-Yan se trouve devant ses yeux, sa détresse devient tangible. Hong la perçoit plus comme celle d'une femme que celle de Xué-Yan en particulier. Cela éveille chez elle un sentiment de connivence et de compassion.

Emue par ce geste, Xué-Yan commence à sangloter.

Comment ne pas être agacée, d'autant plus que Hong est pressée de retrouver Liang ? Par bouffées, à travers le couloir, une rumeur de chuchotements, de talons, de cris étouffés l'atteint et la bouleverse. Elle voudrait sortir de cette pièce, se débarrasser des pleurnicheries de cette étrangère, pour rejoindre ses camarades dans leur mouvement passionnant. Hong se dirige vers la porte.

Xué-Yan, qui semble avoir deviné son intention, pleure plus fort pour la retenir. Son corps tremble. Ses cheveux ne forment qu'une nappe noire sur la table, couvrant sa tête. On dirait qu'elle vit le plus grand malheur du monde.

Hong s'arrête devant la porte. En proie à la tristesse d'une autre femme et à l'impatience de s'en débarrasser, sa fièvre la brûle de l'intérieur. C'est la première fois qu'elle voit une femme pleurer si fort. Le désespoir tangible de ces sanglots provoque en elle une impuissance. Pendant un instant, elle a envie de pleurer elle aussi, de pitié, de repentir, ou de fureur.

« Qu'est-ce que tu as ? Calme-toi, Xué-Yan ! Calme-toi ? »

Hong revient vers elle. Elle la console. Maladroitement. Elle est trop jeune. Jusqu'à présent, elle n'a fait que subir l'effet des sentiments des autres, ou les avoir partagés, mais, elle n'arrive pas à en prendre le dessus, à les équilibrer.

« C'est... trop... trop tard ! »

Xué-Yan commence à placer des syllabes entre ses sanglots.

« J'ai compris mais c'est trop tard...

— Qu'est-ce que tu as ? Parle !

— J'aimerais tant être comme vous, libre de penser, libre d'agir, responsable de vous-mêmes, lutter pour un but élevé... me passionner, oser me sacrifier pour un idéal... »

Le reste de sa phrase sombre dans une inondation de larmes. Hong, interdite, ne sait que dire. Elle essaie de mesurer le désespoir de Xué-Yan : non devant son incapacité de convaincre les autres de leurs torts, mais de se voir soi-même dans l'erreur sans pouvoir se corriger. Elle a été profondément marquée par Confucius, moulée par la cruelle et stricte tradition de sa famille. Autour d'elle, les chaînes des conventions sociales sont si serrées qu'elle ne peut que pousser des cris de désespoir.

« Arrête ! arrête de dire des bêtises, il n'est jamais trop tard...

— Si, c'est trop tard ! trop tard ! »

Ses cris se brisent contre le plafond trop bas, se transforment en bribes de bruit, étourdissent Hong. On dirait que ce tourbillon de bruit soulève l'odeur de papier moisi de la petite chambre et, la poussière aidant, étouffe cet univers.

Hong sent ses larmes déborder à son tour. La situation devient incontrôlable. Hier soir, elle a subi cette discussion avec son père, suivie de son désespoir, la nouvelle assenée par Wang Juin ce matin, l'introuvable Li Liang parmi cette mer d'affiches, et les cris d'une fille qu'elle n'a même pas le courage de détester.

« Oh ! pitié ! »

Hong allait fondre en larmes quand Xué-Yan se lève et court vers la porte en se heurtant aux tables et aux chaises.

« C'est trop tard pour moi... »

Elle est sortie en claquant la porte sur elle.

Le silence revient si brusque qu'on aurait cru qu'il tombait du ciel. Hong n'arrive pas à se remettre de son étourdissement provoqué par cette scène absurde. Aussitôt, la rumeur de l'extérieur l'accable.

« Je dois à tout prix trouver Liang... »

Le tapage dans le couloir, comme un courant violent, l'aspire derrière la porte, mais elle n'arrive pas à se déplacer, l'image du désespoir de Xué-Yan l'empêche encore de se fondre aux autres.

Hong s'asseoit un instant, ferme les yeux, se recueille.

« Je vais chercher Liang dans son dortoir. »

Elle se force à se lever. La porte s'ouvre d'un seul coup : Liang se tient devant elle.

« Mais c'est toi ? »

Surpris, ils demeurent sans un mot.

« Je croyais... que Xué-Yan était encore là...

— Tu vois bien que non. Elle vient de se sauver. Tu aurais dû la rencontrer... Je peux essayer de la retrouver.

— Non, non, c'est mieux ainsi.

— Tu veux dire : avec moi ? »

Hong regarde Liang dans les yeux. Elle sent de nouveau sa fièvre brûler. Petit à petit, ses troubles s'apaisent.

« Sauf que, toi aussi, tu es venue me conseiller d'arrêter le mouvement.

— Tu sais bien qu'il s'agit du contraire. »

Liang se tait. Guettant Hong par des coups d'œil fugitifs, il s'assoit en face de la jeune fille, ramasse une cigarette de la table et l'allume.

« Maintenant tu fumes, dit Hong en s'asseyant de nouveau, pour montrer que tu es grand ?

— Toi aussi, j'espère que tu as grandi. »

Cette ironie soulage la jeune fille. Elle sait que Liang n'a pas oublié leur querelle de l'année dernière. Hong dit d'un ton intime :

« Oui, je pense que j'ai grandi.

— Alors ?

— Hier soir, j'ai eu une discussion très grave avec mon père. J'ai compris que je me suis trompée et que c'était toi qui avais raison.

— Ah bon ?

— Je me suis révoltée contre lui... Liang.

— Parce qu'il refuse que tu couches avec Wang Juin avant le mariage ?

— Mais... tu es ignoble, Li Liang ! »

L'insolence et la méchanceté de Liang indignent la jeune fille. Elle frappe sur la table et se lève brusquement.

« Si je couche avec Wang Juin, cela me regarde, comme c'est

tes affaires de coucher avec Xué-Yan ! Tu as bien choisi ton moment pour être jaloux ! Alors que vous avez créé ce mouvement que la police va écraser, que le danger menace ces pauvres étudiants, que je suis venue te présenter mes excuses pour notre ancienne dispute, et que je me dispose à lutter avec vous ! »

Liang tire sur sa cigarette amère en silence.

« La réconciliation est là ; tu la veux ou non ? »

La jeune fille tape encore sur la table et plante ses deux mains sur ses hanches.

Liang est confus. Il admire d'autant plus Hong qu'elle sait profiter de la moindre occasion pour reconnaître son tort d'une façon triomphale. On dirait que c'est lui qui avait tort, et qu'elle est venue réclamer ses dettes.

« En effet, excuse-moi, Hong. Je suis perdu, trop de choses se sont produites. Je suis très heureux que tu n'aies pas changé. Oublions notre ancienne discussion. Tu n'avais pas tout à fait tort. On aime toujours son père, en espérant tout de lui, mais tôt ou tard on comprend qu'il faut mener sa propre vie. Vraiment, j'ai besoin... Nous avons besoin de toi.

— Je suis l'une des vôtres. Nous allons lutter ensemble, comme l'année dernière.

— Oui, ensemble. »

Liang se lève. Face à face avec son ancienne amie, il se sent gagné par une émotion qu'il doit dissimuler avec la fumée en tirant de grandes bouffées sur sa cigarette. Le mouvement des étudiants est un gouffre dans lequel il se précipite ; Wang Juin est venu le prévenir et lui demander, par amitié, de se retirer ; Xué-Yan aussi a tenté de le retenir, par amour. Son père a fait de même, par amour paternel, en évoquant la finalité sacrée de la famille. Il ne peut écouter ni les uns ni les autres. Il tient compte de son amitié avec Wang, de son amour filial envers son père. Il porte une certaine reconnaissance à Xué-Yan car il n'est maître que de ce dont il dispose. Or son vrai amour, en ce moment même, Liang réalise ce qu'il représente : ce n'est presque pas un sentiment de tendresse, mais un ensemble de sensations. Fortes, incontrôlables, elles se différencient, mais se ressemblent. Ni désir sexuel, ni tendresse corporelle, ni compréhension spirituelle, ni harmonie mentale, mais plutôt des « entre-sensations » qui se forment en un faisceau de lumière atteignant le cœur, un courant électrique frémissant dans chaque partie de son corps, un bateau effectuant un va-et-vient entre deux âmes. On ne dispose pas de cette sensation, c'est elle qui dispose de nous. Liang ne l'éprouve que pour Hong, celle qui vient le pousser dans le gouffre au lieu de l'arrêter. Il se sent inondé par une mer immense, de haut en bas. Il se noie, il est si faible qu'il s'en veut.

« Tu fumes comme un sapeur, dit Hong doucement.

— Toi aussi, tu ne respires pas normalement... »

La porte s'ouvre. Chou entre brusquement dans la pièce.

« Mais vous êtes en train de comparer vos tailles ?

— Chou ! Tu es là, quelle merveille ! dit Hong, joyeuse.

— Voilà, qu'est-ce qu'on décide ? »

Chou semble au courant de ce qui se prépare. Liang n'a pourtant pas encore eu le temps de lui communiquer ses informations. Ils se regardent tous trois. Liang dit d'un ton paisible :

« Tu crois que nous avons vraiment à décider ?

— Non, dit Chou, il n'y a plus rien à décider. Nous n'avons qu'à jouer serré.

— Oui, jouons serré.

— De toute façon, je suis avec vous », dit Hong vivement, comme si elle avait peur d'être oubliée.

Liang reste un moment pensif puis demande à Hong :

« Tu as eu une discussion avec ton père ?

— Oui, et même une dispute !

— Il ne fallait pas, dit Liang lentement, en détachant ses syllabes en réfléchissant. J'aurais voulu le voir ce soir.

— Bonne idée ! dit Chou.

— Vous êtes fous ! Lorsque je comptais sur mon père, vous avez failli me hacher en morceaux. C'est à cause de cela que nous nous sommes fâchés, Liang ! Maintenant que j'ai compris et que je m'éloigne de lui, vous changez...

— Hong ne te fâche pas, si je veux discuter avec ton père... »

Hong coupe Liang :

« Discuter avec mon père ? A quoi cela servira-t-il ? En plus je ne veux plus le voir. Non, pas question ! »

Liang regarde Hong dans les yeux :

« Ecoute : la situation est claire, nous ne pouvons changer le destin. Mais je veux essayer de parler avec ton père. Que perdons-nous à essayer puisque nous n'avons rien à espérer ?

— Liang a raison, dit Chou, frappons un coup de bambou avant de savoir si l'arbre porte des jujubes.

— Peux-tu organiser un rendez-vous avec lui pour ce soir ? »

Hong réfléchit avant de prendre la décision. Chou ne cesse de s'ébouriffer les cheveux.

二十三

Les épreuves commencent à se manifester au Petit Wei. Un engourdissement pèse sur son estomac et descend jusqu'à ses jambes. Pendant un moment, le jeune homme croyait que sa cervelle coulait de son crâne à son ventre car sa tête lui semblait vide. Un creux qui s'élargit entre ses entrailles. Son sang a dû y affluer pour le remplir, laissant le reste du corps à sa mollesse.

C'est la faim.

Le Petit Wei lèche ses lèvres et avale quelques gorgées de salive. Depuis hier soir, il n'a mangé qu'une viande de mouton mal cuite, arrosée d'alcool. Il crache un grand coup de sa propre odeur et respire fortement pour absorber de nouveau cette odeur aigre de mouton. Après avoir répété plusieurs fois cette opération, le jeune homme apaise sa faim. Le froid apporte une sécheresse qui envahit sa gorge. Il a du mal à ouvrir encore la bouche.

C'est la soif.

Des étincelles dansent devant ses yeux. Bien qu'il serre les dents, qu'il ferme son corps et qu'il retienne sa respiration, il ne trouve plus la moindre force pour avancer un pied après l'autre. Il s'arrête et se laisse tomber par terre.

Il regrette ce voyage. Il aurait dû chercher à en savoir davantage avant de prendre sa décision, ou au moins s'y préparer avant de s'y lancer. Epuisé, à mi-chemin de cette cime sauvage, il n'a pas plus la force de continuer que celle de reculer.

Des images défilent devant ses yeux. La petite chambre qu'il partage avec ses parents, son lit vide derrière le drap pendu, le repas que sa mère a préparé pour la famille, et le regard méchant de son chef d'atelier.

« Je voudrais tant y retourner... », se répète le jeune homme en se redressant. Il chancelle pendant quelques secondes et, après avoir repris son équilibre, il entend encore une fois la voix du vieillard à la barbe blanche :

« Le bonheur ne s'obtient qu'avec l'effort. »

« Encore un pas, et je m'arrêterai », se dit-il. Il avance tandis que le vieillard lui répète :

« Le bonheur ne s'obtient qu'avec l'effort. »

Le Petit Wei décide d'avancer encore d'un pas avant de s'arrêter une fois pour toutes. Le même processus se répète, et le jeune homme parvient au terme du premier raidillon.

Sur la cime des montagnes, le soleil semble plus proche, il chauffe de ses derniers rayons le maigre corps du Petit Wei. Une stalactite de glace apparaît, suspendue à un rocher, devant le jeune homme. Il la cueille et la suce. Une autre stalactite se révèle, puis une troisième, une quatrième...

Après avoir absorbé ces stalactites pleines de vitamines minérales, le Petit Wei n'a plus faim ni soif. Il se sent le courage de s'attaquer aux détours et aux raidillons suivants.

二十四

En pénétrant dans la maison de Hong, Liang est gagné subitement par un sentiment de nostalgie. Il y a plus d'un an qu'il n'est pas revenu chez sa mère et que, en dehors de quelques soirées chez Xué-Yan, il n'a eu droit chaque jour qu'à la cantine, qu'au dortoir, qu'à la classe, et qu'au bureau de rédaction de sa revue. Cette odeur de cuisine, l'ombre humide du couloir qui mène aux chambres à coucher, le léger craquement du parquet lui semblent étrangers, lointains. Ayant quitté son port de naissance, comme une barque livrée aux tempêtes de l'océan, il s'éloigne de cette vie tranquille et protégée. Désormais, la maison, la famille ne seront, pour lui, que l'abri des autres, des lieux où il ne pourrait vivre que sa nostalgie.

« Voilà ma chambre, dit Hong en poussant la porte, le bureau de mon père est à côté, il te recevra dès qu'il sera rentré. Entre-temps, je vais chez Wang Juin. »

Liang franchit le seuil de sa chambre. Un léger parfum de savonnette l'accueille.

« Tu tiens à voir Wang Juin ce soir ? »

Liang aurait aimé qu'elle reste auprès de lui, pour l'aider à affronter le secrétaire du président.

« Oui. Puisque je lui ai donné rendez-vous. Je pourrai peut-être le convaincre.

— Bon, après la conversation que j'aurai avec ton père, je t'attendrai dans ta chambre. »

Hong acquiesce d'un signe de tête et s'en va.

Seul, Liang se sent angoissé en imaginant cette rencontre presque irréelle. Il n'a jamais rencontré le père de Hong. Quelle sera l'attitude du secrétaire du président à l'égard d'un étudiant de vingt ans ? Liang marche de long en large dans la chambre en commençant à trouver que sa demande était absurde et ridicule.

« S'il a accepté de me voir, c'est qu'il y a quand même une raison », se dit-il.

Le soleil disparaît enfin. Dans la chambre de Hong, il fait de plus en plus sombre. Liang s'assied sur le petit lit en essayant de se calmer. L'odeur de savonnette l'enivre. Il renifle en promenant le regard autour de lui. Etre seul dans la chambre d'une jeune fille lui procure une sensation étrange. Il caresse le drap en songeant qu'elle dort ici. Son oreiller en forme de cœur conserve encore le creux de la tête. Au chevet, d'un mouchoir blanc, plié en carré, émane une légère odeur parfumée. Sans se contrôler, Liang imagine Hong dans son lit, là, endormie, le corps nu, les jambes écartées, sans défense. Quelle est sa position préférée en dormant ? Comment enlève-t-elle sa chemise ? Pourquoi ce mouchoir à côté de l'oreiller ? Pour s'essuyer quoi ? Dort-elle comme lui, les mains coincées entre les cuisses ? Se couvre-t-elle la tête de la couverture en laissant ses pieds dépasser au-dehors ? Ces questions sans réponse le harcèlent. Il s'efforce d'égarer son imagination en détournant son regard. Mais la présence de Hong est si forte dans cette pièce que le jeune homme la voit en chaque objet. Une glace en forme de losange, en face du lit, tachetée de points noirs ; c'est là-dedans que Hong se regarde tous les matins. Un verre sur l'étagère de bambou cirée dans lequel elle boit tous les jours. Par terre, deux pantoufles usées, trahissant l'empreinte de ses pieds.

Les pensées de Liang pétillent sans cesse comme une limaille sous l'action d'une force magnétique qu'émettrait la chambre. Ces objets semblent garder tous les secrets de la jeune fille. En les contemplant, Liang se sent gagné par l'intimité de Hong et éprouve l'envie de s'allonger lui aussi sur ce lit, d'enfouir son visage au creux de l'oreiller, de détendre ses membres sur le coussin, de humer le drap imprégné de l'odeur de sa peau, de serrer le petit mouchoir, de caresser les objets comme caresser chaque partie de son corps.

La porte d'entrée claque. Quelqu'un entre.

Ce doit être le père de Hong. Liang saute du lit, secoue la tête pour chasser ces idées et se dispose à affronter le secrétaire du président.

« Il y a quelqu'un ? »

La voix de Zhang se fait entendre tout près.

« Oui. »

Liang ouvre la porte.

« Hong m'a dit que tu as des choses urgentes à me raconter, dit Zhang en se dirigeant vers son bureau, je n'avais guère le temps, mais comme elle insistait tellement... »

Malgré la grande fatigue qui s'est abattue sur son visage, il a un ton gentil. Liang le suit dans son bureau et se sent moins angoissé que tout à l'heure. Il ne sait par où commencer et bégaie un peu :

« Je... je suis... un ami de Hong. Elle m'a souvent parlé de vous. Il y a longtemps que je... je veux vous voir... Mais aujourd'hui, aujourd'hui...

— Aujourd'hui, il se passe quelque chose, n'est-ce pas ? » ajoute Zhang pour aider le jeune homme.

Il s'assied derrière son bureau et fait signe à Liang de prendre place en face de lui.

« Où est-elle ?

— Chez un ami, Wang Juin, je pense, répond Liang.

— Ah bon, elle nous laisse à notre discussion sérieuse pendant qu'elle voit son... ami. »

Liang éprouve une sorte d'amertume à l'idée de ce qu'imagine Zhang de la relation entre sa fille et Wang Juin, et qu'il ne songe pas à celle qui peut exister entre Hong et lui.

« Je préfère être bref, reprend Zhang, car j'ai une réunion dans une demi-heure. Il paraît que tu as un certain pouvoir sur les étudiants ?

— Pas vraiment. »

Liang essaie de classer ses idées en reprenant un peu de calme.

« Vous savez, personne ne peut affirmer qu'il influence les autres. Ils ne m'écoutent que lorsque je suis avec eux.

— Tu veux dire que tu représentes les étudiants ?

— J'essaie de formuler ce qu'ils veulent exprimer. »

Zhang scrute Liang. Il se frotte les doigts avant de demander :

« C'est pour ce qui s'est passé à l'Anhui ?

— Pas seulement..., hésite un peu Liang. Nous allons organiser une manifestation, pour soutenir nos camarades de l'Anhui. Mais nous avons lu aujourd'hui dans *Le Quotidien du Peuple* que les autorités nous accusaient d'être manipulés par les ennemis. Nous avons également appris que le Parti a décidé de réprimer tout mouvement de la part des étudiants. Il s'agit sûrement d'une erreur. Je suis venu pour mettre les choses au point avec vous, je voudrais vous expliquer pourquoi...

— Il n'y a rien à expliquer, reprend Zhang avec une lassitude apparente, l'incident de l'Anhui représente une insolence à l'égard de la direction du Parti. Nous nous trouvons déjà dans une société de liberté et de démocratie. Le Parti nous octroie ce dont nous avons besoin. Pourquoi manifester dans la rue ?

— Imposer des noms sur une liste de candidats à l'élection des représentants du peuple, est-ce de la démocratie ? Si nous n'avons même pas le droit de manifester nos idées, quelle liberté avons-nous ?

— Le Parti s'en rend compte. Il ne faut pas oublier que notre pays a vécu longtemps la féodalité. C'est la raison pour laquelle nous avons tant parlé de réformes.

— Puisque le Parti a voulu démocratiser le système, notre manifestation ne représente-t-elle pas une ouverture ? »

Zhang se tait. Il défait un peu le col serré de sa veste et baisse les yeux sans laisser apparaître aucune expression sur son visage. Liang croit y discerner une lueur d'espoir. Se taire signifie chez un dirigeant du Parti un début de dialogue, au moins l'indulgence de laisser parler l'interlocuteur. Il s'enhardit :

« De toute façon, les étudiants ont décidé de descendre dans la rue. Personne ne peut les empêcher. Cette manifestation sera inoffensive. Elle prouvera que la volonté de réforme du Parti est sincère. Si le Parti la laisse avoir lieu librement, il en récoltera le bénéfice. S'il la réprime, il nous décevra tous. »

Zhang jette sur Liang un regard bizarre.

« Pourquoi tenez-vous tant à lancer cette manifestation alors que vous savez que le Parti ne peut la tolérer ? Pourquoi ne restez-vous pas en classe pour réussir vos études ?

— Vous croyez que nous n'aimons pas nos études ?

— Alors pourquoi cette agitation inutile ?

— Avons-nous d'autres solutions pour avoir un avenir ? »

Zhang demeure interloqué. Ses doigts croisés sur la table tremblent légèrement. Ce mutisme le rend terrifiant. Liang se souvient alors qu'il a en face de lui un haut fonctionnaire du Parti. Sa franchise pourrait être prise comme une insolence ou un chantage.

« Excusez-moi d'être si direct, mais je pense que vous aussi avez été jeune. Hong m'a souvent parlé des mouvements que vous aviez soulevés, à l'époque, pour la liberté et la révolution... »

Tout à coup, Zhang relève la tête ; il paraît effondré dans son fauteuil. Ses rides se convulsent et lui tracent un masque tourmenté. Il remue les lèvres et bredouille :

« Je vous comprends...

— Vous nous comprenez ?

— Oui. »

Liang a pris peur. Il s'étonne de voir un père si bienveillant se transformer brusquement en personnage de cauchemar. « Ils ne sont pas heureux non plus », se dit Liang sans oublier sa mission.

« Pourriez-vous conseiller au président de faire retirer les forces de police ? »

Zhang hoche la tête, en signe de négation. Il prend un ton pitoyable :

« Camarade Li Liang, tu dois connaître ce vieux dicton : " A côté de l'empereur, à côté du tigre. " »

Liang se souvient qu'au cours de l'histoire de la Chine, tant de lettrés, tant de conseillers clairvoyants ont été massacrés pour un avis trop pertinent, trop intelligent, contre le gré de l'empereur induit en erreur. Les étudiants veulent lutter pour la liberté, mais au fond ils ont plus de liberté que ces hauts fonctionnaires : ils ont au moins la liberté de lutter !

Un silence plane au-dessus des deux hommes. Zhang consulte sa montre. Liang sait qu'il est pressé, mais il ne comprend pas pourquoi Zhang s'entête à rester là.

« Je suis en retard, dit Zhang, sans bouger.

— Je sais, sinon j'aurais voulu vous raconter une petite histoire.

— Raconte-la-moi toujours. Elle est peut-être plus importante que ma réunion... »

Liang lui jette un regard de reconnaissance avant de commencer :

« Il y a quatre mille ans, au royaume de Yan, le roi décida de s'attaquer à celui de Qi, pour se venger d'un échec de l'an dernier. En été, dans la saison de pluie, la route qui menait à la montagne de l'Est était pleine de fondrières. Un lettré qui s'appelait Xian, le jeune conseiller préféré du roi, prédit un orage au cours des trois prochains jours. Il entraverait les manœuvres de l'armée royale.

Xian se rendit auprès du roi et lui déconseilla de lancer cette attaque. Le roi se mit en colère.

« " La mort pour ceux qui veulent m'empêcher d'agir. "

« Puis le roi s'enferma dans son palais, en ne voulant plus voir personne.

« Le lendemain matin, le roi prit la tête de ses troupes et trouva, à la sortie de la ville, Xian suspendu sous la grande voûte de la porte, la tête en bas, une épée à la main. Le roi s'étonna et avant qu'il en demandât la raison, Xian cria au roi : " Si Votre Majesté ne suit pas mon conseil, je vais couper la corde qui me tient et je m'écraserai sur les pavés. La mission d'un conseiller est d'empêcher son maître de s'obstiner dans son erreur. "

« Vexé par cette remarque en public, le roi, fâché, poursuivit son expédition. Xian trancha alors la corde et s'écrasa, la tête contre les pavés.

« Trois jours plus tard, l'orage éclata. L'armée royale fut anéantie par l'ennemi.

« Depuis lors, un dicton circule dans notre pays : les guerriers meurent au combat, mais les conseillers meurent en disant la vérité. »

Liang termine sa phrase d'une voix grave, comme si ce récit lointain résonnait encore en lui.

Zhang est tombé dans un mutisme total. Il paraît fragile, faible, âgé. Liang aurait jugé cruel de lui demander ce qu'il en pense.

Le crépuscule efface les ombres.

二十五

Wang Juin loge dans la résidence des militaires, non loin de celle de hauts fonctionnaires d'Etat. Hong prend la bicyclette et le rejoint en un quart d'heure.

« Tu arrives enfin », dit Wang Juin en ouvrant la porte.

Il est seul dans la maison. Ses deux chats, farouches, se cachent sous des meubles lourds et énormes.

« Viens t'asseoir au salon. Maman est allée chez ma tante. Nous allons dîner tous les deux. La bonne nous a préparé du poulet fumé aux champignons. »

Wang Juin, excité, parle vite, comme s'il craignait que Hong ne le laisse pas achever ses phrases. Ses gestes ne correspondent pas à ses mots. Hong pénètre dans le salon, choisit un fauteuil, en face du jeune homme. Elle le contemple en silence.

« Hong, tu es bizarre. Ah oui ! J'oublie, comment vas-tu ? » demande-t-il en s'approchant de la jeune fille.

Il pose sa main sur son front.

« Tu as toujours de la fièvre ?

— Ne me touche pas ! »

Hong se lève et s'assied sur une autre chaise, sans quitter le jeune homme du regard :

« Wang Juin, j'ai à te dire...

— Qu'est-ce qui se passe, depuis hier ? »

Désemparé, Wang Juin ne sait plus où placer sa main que Hong vient de refuser.

« Ecoute ! Li Liang et ses amis vont poursuivre la manifestation demain.

— Quoi ?

— Je suis avec eux.

— Ce n'est pas vrai ! »

Pendant deux minutes, Wang Juin reste cloué d'étonnement. « Mais vous êtes fous !

— Peut-être, dit Hong lentement, mais nous te demandons de l'être avec nous. »

Wang Juin commence à comprendre. Il retrouve sa lucidité et sa raison. Liang se trouve toujours entre lui et Hong. Maintenant s'ajoute cette maudite manifestation. L'affaire n'est pas simple.

« Tu viens me demander de me joindre à vous... hein, de manifester avec vous... », reprend-il en regardant Hong.

Elle est belle. La fièvre colore ses joues. L'insomnie souligne ses yeux. Ses cheveux défaits la rendent plus sensuelle. Wang Juin, qui revoit la scène d'hier soir, sent renaître son désir. Il sait qu'on ne peut jamais obtenir quoi que ce soit de Hong en suivant son instinct. Avec elle, il faut utiliser la ruse.

« C'est très dangereux, Hong. La police nous attend. Elle a reçu l'ordre de nous réprimer. »

Il se lève et se met à marcher de long en large dans le salon, puis il s'arrête derrière le siège de la jeune fille, avant de s'approcher :

« Hong, il faut réfléchir. C'est grave. Il ne s'agit pas d'un caprice... »

Il pose sa main sur celle de Hong, comme pour accentuer ses mots :

« Hong, il ne faut pas traiter à la légère... »

Hong, qui n'a pas retiré sa main, regarde droit devant elle en réfléchissant. Wang Juin s'assoit à côté d'elle et commence à l'embrasser sur les cheveux :

« Cela concerne l'avenir et toute notre vie... »

Hong ne bouge pas, semble accepter la tendresse du jeune homme. Elle a même refermé un peu sa main pour tenir celle de Wang Juin. Il espère qu'elle renouera avec son désir.

Wang Juin commence à la caresser, d'abord les épaules, puis il glisse la main vers sa poitrine, sa bouche s'approche de celle de Hong :

« Bien sûr, je te comprends... Moi aussi, j'aurais aimé me révolter comme vous. Mais nous sommes des hommes de réflexion... »

Il a effleuré son sein. Une sensation l'envahit si fortement qu'il n'arrive plus à parler. Il plonge sa main sous la chemise de Hong.

« Arrête ! »

Elle crie en s'arrachant du jeune homme. D'un bond, elle se lève et dit sévèrement :

« Wang Juin ! La situation est grave. Nous serons peut-être tous en prison demain. Je veux que tu nous accompagnes dans cette lutte. »

Wang Juin, sur le point de se fâcher, regarde Hong avec rancune. Mais elle est trop belle pour qu'il y renonce. Comment peut-il faire pour l'embrasser ? Une fois dans ses bras, il saurait faire renaître son désir.

« Si je dis oui, tu me laisses t'embrasser ?

— Tu dis oui ? Tu vas manifester avec nous ?

— Tu me laisses t'embrasser ? »

Il cherche à la prendre dans ses bras.

« Non. Je suis malade, dit Hong en repoussant le jeune homme. Et puis, ce sont deux choses différentes.

— Mais non, c'est une seule chose ! Tu veux militer avec Liang et tu me demandes de me joindre à vous, je suis d'accord, cela prouve que je t'aime, il est normal qu'on s'embrasse.

— Non. Je ne t'aime pas, Wang Juin, dit Hong lentement.

— Mais, Hong, hier soir encore !

— J'ai réfléchi cette nuit. Je suis désolée. Je pense qu'on ne s'aime pas assez pour faire ça. »

La rage balaie Wang Juin. Pendant un moment, il avait voulu la prendre de force. Jugeant qu'il ne peut rien contre elle, il éprouve une haine contre tout ce qui est autour de lui. Il aurait voulu jeter par terre le vase de son père, casser les fleurs en plastique qu'on avait offertes à sa mère ou même déchirer le tapis de tigre.

« On ne s'aime pas, alors, on ne s'aime pas assez... »

Il marche de long en large, les yeux brillants de colère, les poings dans les poches. Le parquet craque sous ses pas.

« Tu viens toujours manifester avec nous ?

— Manifester avec vous... »

Attention ! Et si elle cherchait à tester sa volonté et son amour ? Il réfléchit, puis semble avoir pris sa décision.

« Oui, j'ai dit oui.

— Même si on ne s'embrasse pas ?

— Tu viens **de** me dire qu'il s'agit de deux choses différentes.

— Bravo ! Wang Juin, tu es un vrai ami ! Viens avec moi voir Li Liang. »

Hong saute de joie. Elle saisit son manteau sur le canapé et se dispose à partir.

« C'est bien, nous allons tous manifester. La police ne peut rien contre nous. Le proverbe dit : " Les lois ne punissent pas la masse. " Le danger est moins grand lorsqu'on le partage...

— Mais tu pars ?

— Oui, on a tellement de choses à préparer ! Ce soir, les étudiants tiennent une réunion. On ne peut pas rester ici.

— Hong, je veux qu'on s'embrasse, dit Wang Juin en se plaçant entre elle et la porte.

— Je t'ai dit que je ne voulais pas.

— Et si je ne viens pas avec vous ?

— Tu viens de dire que ce n'est pas la même chose...

— Si. »

Hong reste figée, ses yeux laissent échapper une coulée de colère.

« Alors, si j'ai bien compris, tu fais ce cirque pour qu'on couche ensemble.

— Comme hier, Hong.

— Ignoble ! »

Hong le pousse d'un coup sec et se dirige vers la porte.

Une flamme saute sur le visage de Wang Juin qui sent son corps glacé. Il ne laisse pas partir Hong.

« Laisse-moi ou j'appelle les gardes.

— Non, j'ai à te parler.

— On ne trouve jamais des dents d'ivoire dans la bouche d'un chien. Je ne veux pas t'écouter.

— Si, écoute-moi », dit Wang Juin en redressant la tête. En ce moment, son attitude solennelle surprend Hong.

« Alors, dis vite.

— Je ne veux pas manifester avec vous. Cela n'a rien à voir avec notre amour. Je ne me fous pas de la Chine. Au contraire : chacun a sa façon de voir. Vous allez me trouver lâche, tant pis ! Je ne veux pas me faire écraser comme un œuf par la dictature du prolétariat. Je veux rester dans la ligne du Parti. Même en faisant souffrir mon sens de la vérité, même en ayant mauvaise conscience de mentir, je resterai avec le Parti. Un jour j'obtiendrai peut-être le pouvoir. Il m'appartiendra alors de décider de vous condamner ou de vous rendre la liberté. A ce moment-là, je choisirai de vous laisser faire. »

Hong se tait. Désemparée, elle jette sur le visage de son ami un regard à la fois de doute, de confiance, et de compréhension.

Wang Juin laisse la porte.

« Tu peux partir maintenant. Prends ça. »

Il lui tend un papier sur lequel se trouve un schéma.

« C'est l'emplacement des trois barrières que formera la police pour votre manifestation de demain. Je l'ai obtenu du secrétaire de mon père. »

Hong ne sait quoi dire. Ses lèvres tremblent. Elle baisse la tête, laissant ses cheveux tomber sur son front.

« Bonne chance ! »

Wang Juin ouvre la porte et tend la main à la jeune fille :

« Au revoir. »

Hong ne bouge pas. Elle saisit le papier et le place sur sa poitrine comme si elle voulait calmer sa respiration.

« Juin, tu es adorable... »

Elle se soulève sur les pointes des pieds, et pose légèrement ses lèvres sur la joue du jeune homme avant de s'éloigner.

二十六

La nuit a inondé les vallées. Le monde est loin. Le Petit Wei regarde derrière lui. Il ne voit que des ombres, fendues par des rochers, ou quelques arbres morts, accrochant encore un lambeau pâle ou écarlate du coucher. Il a perdu le chemin du retour.

Sur sa tête, des nuages noirâtres, troués de sang, sillonnent le ciel avec un sifflement menaçant. Le jeune homme a l'impression que l'univers va se refermer, entre ciel et terre, nuit et jour, obscurité et éblouissement.

Blotti dans un creux du rocher, il ferme les yeux. Au lieu de la faim et de la soif, la peur lui tord les tripes. Le silence est si lourd qu'il n'ose plus respirer. Au moindre bruit, il risque de déclencher le tonnerre.

Devant lui, se succèdent d'interminables cimes, immenses vagues d'une mer céleste. Il se sent si minuscule qu'il doit se pincer la cuisse pour avoir le sentiment d'exister. Sa main a eu beau saisir sa cuisse gauche, ses ongles pénétrer dans sa chair, il n'éprouve aucune sensation.

« Au secours ! »

Un rugissement passe sous sa gorge. il ferme la bouche pour que le cri ne s'en échappe pas. Il sait qu'à la moindre défaillance de contrôle de soi, il deviendra fou et qu'il se jettera dans le premier gouffre.

Lentement, comme une roue, la peur passe sa gorge, descend dans le ventre en provoquant des craquements et lui écarte le bout des pieds.

Le Petit Wei se réveille. Il ose enfin regarder devant lui. Tout à coup, dans l'éblouissement du dernier rayon, il aperçoit, au-dessus de sa tête, sur un rocher, un toit jaune, posé sur des murs ocre.

« Oh ! Le temple... »

Un gros nuage survient. L'univers se transforme en un brouillard opaque.

Le jeune homme proteste en se débattant dans le vide. Son cri file vers l'autre côté de la falaise et revient en un hurlement inhumain, strident.

Il doit attendre que le nuage passe et dévoile le temple en haut de l'escarpement.

Le Petit Wei se dresse et cligne les yeux pour mieux voir.

Le temple semble s'approcher de lui. Il est très ancien, avec ses deux lucarnes rondes, semblables à deux yeux. Il n'y a pas de porte, mais un trou triangulaire, tel un grand nez noir.

Le jeune homme se sent maintenant en pleine forme. Il lui reste un dernier raidillon à franchir. Il resserre un peu sa ceinture et se lance sur le premier rocher. Il saisit des buissons morts, attrape des racines découvertes, utilise les fissures du rocher et parvient enfin en haut. A peine pousse-t-il un soupir avant d'escalader le second rocher qu'il entend, tout à coup, une voix crier fort derrière lui.

« Le Petit Wei ! Le Petit Wei !... »

Il tourne la tête. Mais, avant de voir quoi que ce soit, il tombe du rocher, les fesses écrasées contre une branche.

Le jeune homme tourne la tête, cherchant à savoir d'où provient cette voix familière. Il ne voit que d'éternelles montagnes, des arbres dénudés et des rochers grimaçants. Pas un signe de vie.

D'où est venue cette voix ? Le jeune homme fait un effort pour la répéter dans sa mémoire. Elle glisse une fois ou deux dans son esprit, de plus en plus affaiblie, puis plus rien.

Il hésite un moment avant de décider qu'il s'agit d'une hallucination. Il part à l'assaut du rocher.

Encore un effort. La même grimpée. A peine arrive-t-il en haut qu'il entend de nouveau la voix.

« Le petit Wei ! Le Petit Wei ! Le Petit Wei... »

Elle l'appelle de plus en plus fort. Il tourne encore la tête, et il tombe de la même façon que la première fois, en se faisant plus mal. Il ne trouve personne, aucun signe de vie. Seule, la nuit commence à l'envahir.

Tout à coup, il comprend.

二十七

Les lampadaires s'allument d'un seul coup. Pourtant on les voit toujours s'illuminer les uns après les autres. Le vent nocturne souffle dans les rues. Hong aurait aimé que sa bicyclette se transforme en flèche qui l'aurait éloignée le plus vite possible de Wang Juin, du trouble qu'elle a ressenti. Elle a hâte d'atteindre sa propre maison où Liang l'attend sûrement avec impatience.

Au carrefour, un feu rouge. Aucun véhicule. La jeune fille décide de le brûler et appuie de toutes ses forces sur les pédales. A peine dépasse-t-elle la ligne blanche qu'elle aperçoit un policier, caché derrière un tronc d'arbre, la guetter d'un œil méchant. Hong freine brusquement et s'arrête au milieu de la rue.

« Passe donc ! lui crie l'agent de police d'un ton moqueur. Tu as peur du feu rouge ou de moi ?

— Je vous remercie... »

Hong adresse un sourire au policier, et saute sur sa bicyclette.

Elle a l'impression que le grand portail de sa résidence s'approche d'elle, avec ses gardes armés. Sans descendre de son véhicule, elle crie :

« Je suis d'ici ! »

Lorsque les gardes bougent, Hong arrive devant le seuil de sa maison. Elle jette sa bicyclette sur la murette et se précipite dans sa chambre.

Assis sur son lit, Liang se lève brusquement, lui sourit d'un air contraint, comme s'il voulait dissimuler une expression. Elle fait quelques pas vers lui, hésite.

« Tu reviens enfin, Hong, je meurs d'impatience.

— Oui, je vois. »

Dans les yeux de Liang jaillissent des étincelles, non un regard.

« Comment la conversation s'est-elle passée entre toi et mon père ? »

Elle enlève son manteau, frotte ses oreilles gelées.

« Bien. Je crois que je lui ai fait comprendre quelque chose.

— Ce n'est pas vrai ! s'exclame Hong, il a dit qu'il nous comprenait ?

— Oui, il nous comprend depuis toujours, je crois ; mais il se cachait derrière sa fonction. Nous le comprenons aussi. Il y est obligé. Je lui ai fait comprendre autre chose...

— Quoi donc ?

— Le sens de la vérité. »

Hong fixe Liang. Elle semble le comprendre sans en avoir vraiment saisi le sens. C'est Liang, oscillant entre le réel et le mystère. Surprenant toujours, il est à la fois un ami, un camarade, mais aussi quelqu'un d'indéfinissable. Au moment où l'on croit l'avoir bien cerné, il se mue en imprévu. Sous sa faible apparence, on sent en lui un noyau dur qui procure un sentiment de danger. Hong se demande si cela n'est pas ce qu'un homme a de plus attirant : pas une force, mais un champ d'action, une virtualité, ce qu'on peut sentir d'insaisissable.

« Comment cela s'est-il passé entre toi et Wan Juin ?

— Bien. »

Elle sort de sa poche le papier que Wang Juin lui a transmis.

« Il nous a donné le plan de la police pour demain. »

Liang prend le schéma sans cesser de scruter Hong. Ses joues reprennent couleur. Ses yeux brillent de tendresse.

« Il n'y aura peut-être pas de descente de police demain. Je crois que ton père ne fait pas les choses à demi.

— Espérons-le. »

Hong semble penser ailleurs. Les problèmes de son père ne l'intéressent guère pour le moment.

« Liang, je crois que je ne l'aime pas.

— Ton père ?

— Mais non, Wang Juin ! »

Hong s'assied sur le lit, près de Liang, encore debout.

« Moi aussi, je le crois », murmure-t-il.

Il se laisse tomber près de la jeune fille. Une force magnétique émane de ce corps, Liang en a la respiration coupée.

« Tu sais, Hong, je crois que je n'aime pas Xué-Yan non plus.

— Oui. Nous ne savons pas grand-chose de l'amour. »

Hong noue ses mains sous son menton. On dirait qu'elle fait d'énormes efforts pour calmer le mouvement de sa poitrine et apaiser la montée de son sang.

La nuit voile son expression. Un tourbillon explose en Liang qui s'enflamme de désir.

Par un geste brusque, Liang déclenche quelque chose de déterminant dans l'air, telle une écluse quelque part, trop longtemps fermée. L'inondation tombe du ciel. Avec un cri presque sauvage, les deux jeunes gens se jettent l'un sur l'autre.

« Oh ! Je t'aime toi, Hong.

— Moi aussi ! »

Le lit se renverse sous leurs corps entrelacés. Le plafond s'élève haut, les murs s'arrondissent et les objets tourbillonnent autour d'eux.

Liang fond sur la poitrine de la jeune fille. Tout se change en feu. Lui-même devient une torche qui brûle et s'évapore vers le ciel. Pour que tout son être ne soit pas aspiré par le ciel, Liang se cramponne à Hong, les mains fermées sur ses cheveux, la bouche contre son sein.

Un goût un peu sucré, un peu aigre, traverse sa gorge et fait frémir son corps, suivi d'une sensation de chute, de vertige, qui l'enveloppe. Liang oublie ses membres. Il ne reste de son être qu'un faisceau de chair, vrillé et sifflant, qui enfonce...

Il ferme les yeux, les dents, les poings, pour protéger son corps. Il se débat pour réprimer cette évaporation de sa chair, pour repousser cette absence qui s'infiltre en lui. Oh ! Combien il aimerait être double, triple, il lui faut plus de bras pour se débattre, plus de langues pour sucer, lécher, plus de mains pour caresser, plus de voix pour gémir, crier.

Difficulté insurmontable. Mur infranchissable. Tendresse trop dure. Volupté indicible jusqu'à la souffrance, jusqu'à l'extermination de son être.

Poussant des gémissements, Hong fait onduler son corps sur un rythme saccadé. Elle devient tempête, nuage flottant, gouffre aspirant l'univers.

Un courant de vie, de sang, l'essence de l'humanité, fort, violent, impétueux, venu de si loin, évoqué si longtemps, coule en cet instant entre ces deux êtres, pénible au début, mais si doux désormais...

二十八

Après une journée de bouillonnement, la poussière couvre la ville d'un voile d'argile, dans la nuit couleur de mort. L'hiver devient transparent. Le gel s'immobilise. Les mouvements des êtres, décomposés, forment autant d'images fixes.

Deux fantômes filent à vélo vers l'autre bout de la ville, crachant une vapeur blanchie par la nuit, l'un corpulent, solide ; l'autre, cheveux défaits, souple. Sous leur allure, la chaussée siffle.

L'entrée de l'université, déserte, semble se retirer. Deux policiers rôdent devant le portail fermé, leurs uniformes se détachent dans l'obscurité. Deux cyclistes présentent leurs pièces d'identité.

« Vous êtes étudiants ? demande l'officier en saisissant les papiers de ses gants blancs.

— Nous voudrions rentrer dans notre dortoir.

— Pourquoi êtes-vous sortis si tard ?

— A cause d'un rendez-vous.

— Zhang Hong, tu ne peux pas entrer dans le campus, dit le policier. Tu n'habites pas ici.

— C'est mon université, j'ai le droit d'y entrer.

— Non, pas aujourd'hui. »

Hong est prête à discuter, mais Liang l'en empêche. Il l'attire un peu plus loin, dans l'ombre :

« Ne touche pas l'herbe pour réveiller le serpent. Rentre chez toi attendre ton père qui pourra peut-être avoir des nouvelles. Je te téléphone demain matin.

— D'accord. »

Il émane de Hong une buée. Ils s'embrassent une dernière fois et se séparent.

Le policier qui a noté le nom de Liang sur son carnet appuie sur un bouton électrique.

Un grincement, une petite porte s'ouvre et avale Liang.

Sur le campus, Liang remonte sur son vélo et se précipite tout droit vers la salle de réunions.

Des lumières et des bruits tranchent sur la nuit. La salle est pleine. Beaucoup d'étudiants se groupent à l'entrée du bâtiment. Liang fend la foule pour y pénétrer.

Des voix se font entendre. La discussion devient violente. De nombreux étudiants « laquais » ont été envoyés par les autorités pour brouiller la situation et dissoudre le mouvement. A cela s'ajoutent les propos des extrémistes et des irresponsables. Ils s'excitent. Les étudiants qui forment le noyau du mouvement doivent lutter contre ces deux tendances, encore faut-il qu'ils cachent leur jeu.

Avec difficulté, Liang découvre Chou parmi les agités, avec sa petite amie.

« Comment ça va, ici ?

— Grave, dit brièvement Chou, les valets du pouvoir incitent les extrémistes à maudire le Parti. La police guette à la porte. »

Liang se souvient des ombres silencieuses qu'il a croisées autour du bâtiment.

Chou continue :

« L'ordre est venu de nous isoler. Cet après-midi a eu lieu un contrôle général après votre départ. Ceux qui ne sont pas étudiants ont été expulsés du campus.

— Les autorités ont surtout peur que les ouvriers nous rejoignent.

— Et de ton côté ?

— Ça a l'air de marcher. Hong a obtenu le plan de la police pour demain. Je me suis entretenu avec son père. Il nous comprend. Il a l'air de vouloir nous aider. Peut-être la police va-t-elle se retirer ? Hong n'a pas pu m'accompagner ici. Je lui ai demandé d'attendre son père. Demain, je lui téléphonerai. »

Chou manifeste sa méfiance par un hochement de tête. Avant qu'ils n'aient eu le temps d'échanger d'autres propos, la situation s'aggrave. Un étudiant grimpe sur l'estrade et prononce un discours en essayant de prendre la direction du mouvement. Liang le connaît, il s'agit du chef de l'Union des étudiants, l'organisation officielle. Bon valet de la hiérarchie universitaire, il parle :

« Je ne suis pas d'accord pour suivre l'exemple des étudiants de l'Anhui. Il ne faut jamais choisir la manière forte contre le Parti, mais garder confiance en lui. Je propose que nous rédigions une lettre pour exprimer nos opinions.

— Oui, d'accord ! »

Quelqu'un a tout de suite approuvé. C'est sûrement l'un des leurs.

« Non ! hurle une autre voix qui se confond avec la foule, nous sommes trop déçus pour avoir encore confiance en eux.

— Nous avons écrit une tonne de lettres, personne ne nous a répondu. Ça n'a jamais servi à rien, lance une jeune fille de sa voix aiguë.

— Sinon à obtenir des " taches noires " dans notre dossier, qui nous emmerderont plus tard... »

Des répliques se font entendre aux quatre coins de la salle.

« Un ami a écrit une lettre pour révéler les malversations de son directeur. Trois jours plus tard, sa lettre parvenait à son directeur. »

Un camarade du groupe hurle :

« Seule une manifestation fera la preuve de notre force !

— Mille fois d'accord ! Allons-y sur-le-champ !

— Non, non ! » Le valet élève la voix afin de dominer la situation. « Nous ne pouvons manifester contre le Parti. La direction absolue du Parti est inscrite dans notre constitution !

— Non ! hurle toute la salle. On s'en fout de la constitution !

— Qui a dit non ? Oses-tu te montrer ? »

Silence. L'étudiant laquais cherche de ses yeux menaçants. Quelques visages apparaissent à la porte. Leurs rides avouent leur âge : des policiers.

Personne ne se lève. La salle devient silencieuse.

« Salaud ! » dit Liang d'une voix étouffée.

Chou tire sur son bras pour le calmer.

« Qui oserait dire non devant moi ? »

Le chef de l'Union des étudiants lance des défis. Constatant que personne ne proteste, il reprend d'un ton triomphal :

« Camarades, ne soyons pas aveugles, ne nous laissons pas manipuler par des gens qui ont une arrière-pensée... »

Liang n'y tient plus. Le sang bouillonne en lui. Il ne peut

prendre position sans l'accord de Chou. Il a dû lui promettre de se taire pour venir à cette réunion. Liang cherche les yeux de Chou qui ne le regarde pas.

La situation devient plus grave. Les valets des autorités commencent à obtenir le résultat souhaité : mettre à égalité les partisans de la manifestation et ceux qui critiquent le Parti. Des étudiants se taisent et ne prononcent plus le mot de manifestation.

« Qu'est-ce qu'on fait ? »

Chou fait exprès de ne pas entendre Liang. Lui non plus n'est pas tranquille. Son épaule tremble. Brusquement, une volonté plus forte que Liang explose en lui. Il se lève.

Dans la salle, des chuchotements se soulèvent puis se taisent.

« Ah ! Li Liang, tu ne vas pas me dire que nous pouvons manifester contre le Parti ! »

Le chef de l'Union des étudiants ne le quitte pas des yeux. Ils se connaissent. A la rédaction, Liang a eu plusieurs fois affaire à lui. Ils ont une relation plutôt amicale.

Liang ne dit rien, il s'avance vers l'estrade. Le chef de l'Union des étudiants lui cède une demi-place. Liang le fixe un moment dans les yeux, puis il s'adresse à la salle d'une voix forte :

« Il est vrai que la direction absolue du Parti est inscrite dans la constitution, mais nous ne pouvons pas oublier que le droit de manifester y est aussi inscrit. Depuis la naissance de notre constitution, ce droit n'a jamais été utilisé. Personne n'a pu exprimer ouvertement sa propre opinion. Nous n'avons pas une vie politique normale. La volonté du peuple ne peut se faire connaître. Notre pays allait de misère en misère. Maintenant le Parti qui a compris ses erreurs a décidé d'introduire la démocratie. Utiliser pour la première fois le droit de manifester serait la façon la plus directe de répondre à l'appel du Parti. Une accusation contre ce droit reviendrait à nier le Parti.

— Bravo !

— Vive la manifestation ! »

Le chef de l'Union des étudiants ne trouve plus ses mots. Liang regarde la salle qui s'exclame. Tout à coup, il rencontre les yeux de son ami Chou. Il annonce à haute voix :

« Demain, à 10 heures, rendez-vous devant la bibliothèqu~ pour la manifestation générale ! »

二十九

« Le Petit Wei ! Le Petit Wei ! »

Des voix se multiplient derrière lui. Le jeune homme se cramponne aux buissons morts, sans tourner la tête. Il parvient presque au bout de son ultime escalade. Le vieux temple est devant lui. Il sait qu'il se trouve au sommet de la falaise et que, s'il tombe, on ne trouvera même pas l'un de ses os au complet.

Mais les voix ne le lâchent pas et, pour le détourner de son but, elles lancent des appels sur tous les tons, tantôt intimes, tantôt menaçants.

« Le Petit Wei ! Le Petit Wei ! »

Voix familières. Le jeune homme n'arrive pas à les reconnaître. Il y a celle de sa mère, celle de son père, celles de ses amis. Au moment où il va leur donner une identité, elles changent et se perdent dans la nuit. Pourtant, chaque fois qu'il avance d'un pas dans cette pénible escalade, elles augmentent de volume et se multiplient. Il demeure un hurlement strident qui répète son nom sur un rythme de plus en plus rapide.

Les dents serrées, le Petit Wei résiste à son propre instinct. Jamais il n'avait fait un tel effort ; lutter contre soi-même, c'est ce qu'il y a de plus cruel. Il lui faut contrôler son inconscient, comme s'il devait installer une barrière entre ses nerfs et ses mouvements. Il ne peut cesser son escalade dans le noir.

Maintenant, des chuchotements s'ajoutent aux appels, formant la partie basse de ce torrent qui pénètre en lui, par ses oreilles, son nez, sa bouche, et les pores de sa peau. Pendant un moment, le jeune homme a cru que sa tête allait exploser tant ces cris s'entrechoquent dans son crâne.

Avec une force surhumaine, il grimpe au plus haut sans se tourner une seule fois vers les voix.

Les cris cessent. Tout devient calme. Comme un baume, la nuit l'enveloppe. Sur la cime la plus élevée, le Petit Wei peut enfin lire le regard des étoiles.

Sans se presser, il s'arrête devant le vieux temple. A travers la porte triangulaire, il aperçoit une faible lumière au centre de la pièce, devant la statue du Bouddha. Le jeune homme y entre. Le temple se présente d'une manière ordinaire, un peu plus vieux, plus abandonné, couvert de toiles d'araignées. Le Bouddha est identique, l'air béat, le ventre bombé, exprimant sa bonté et sa générosité.

Le Petit Wei est un peu déçu. Il est temps de prier puisqu'il est arrivé en ce lieu avec tant de difficulté.

Il se met à genoux, le torse en avant, les yeux fermés, la tête posée sur les mains. Il essaie de trouver une première phrase. Un vide absorbe sa pensée. Plus il cherche ses mots, plus leur absence se précise. Il commence à s'affoler quand, à sa grande surprise, le Bouddha se met à lui parler.

« Pourquoi es-tu là, mon petit ? »

La voix est plutôt neutre, sans aucun signe, ni de gentillesse ni de méchanceté.

« Oui... Je suis venu vous voir, car on m'a dit que vous détenez la vérité de l'univers », répond le Petit Wei sans oser lever la tête.

Le Bouddha se tait un moment et puis demande :

« Tu vois cela ? »

Le jeune homme relève la tête et voit dans la main droite du Bouddha un cercle, noir et blanc.

« Oui, maître, c'est le symbole du Yin et du Yang ; le noir est le Yin, le blanc est le Yang. L'un est gros là où l'autre s'amincit et réciproquement. Ils se complètent et s'harmonisent.

— Regarde bien ce que c'est ? » dit le vieux Bouddha, un peu fâché.

Le jeune homme constate que le Bouddha a tourné un peu le cercle. Maintenant le noir devient blanc, et le blanc noir.

« Le Yin et le Yang sont interchangeables. »

Le Bouddha a tourné encore une fois l'objet, montrant qu'il n'est pas un rond, mais une sphère dont le noir et le blanc s'intègrent dans tous les sens. Le Petit Wei a compris et rectifie.

« Le Yin et le Yang sont l'un dans l'autre, ou l'un est l'autre, ou il n'y a pas l'un sans l'autre, ou, enfin, il n'y a jamais eu l'un ni l'autre... »

Le Bouddha semble satisfait de la réponse et pose une autre question, d'un ton plus intime :

« Que veut dire cela ?

— L'équilibre.

— Explique-toi.

— Dans l'univers, tout est équilibré. Le ciel est équilibré par la terre, le soleil par la lune, l'homme par la femme, l'eau par le feu... Rien n'existe sans le contraire de soi-même.

— Parfait ! Parlons selon ce principe du contraire. Maintenant, raconte-moi tes problèmes. »

Le Petit Wei voit une lumière naître dans sa tête. Son esprit devient plus vif, les mots coulent librement :

« L'humanité est pleine de souffrances : on manque de nourriture, c'est la famine ; on ne cesse de travailler, c'est la fatigue ; on n'a pas de confort, l'indignité...

— Trouve-moi le contraire. »

Le vieux Bouddha le coupe en lui posant la question d'un ton monocorde. Il va bientôt s'endormir.

« Le contraire, c'est que l'homme a de la volonté. Il cherche le bonheur, lutte contre la misère. D'abord l'ambition, puis les efforts...

— Le contraire de cela ?

— Les difficultés, les échecs.

— Et le contraire des difficultés et des échecs ?

— Le courage. Le contraire du courage ? Les tentations, et le contraire, la ténacité et la persévérance. L'homme parvient généralement à réaliser son ambition.

— Et après la réussite ?

— Hélas, après la réussite, c'est la déception.

— Alors on recherche ?

— Oui, bien sûr, on recherche. Mais on ne trouve jamais ce qu'on cherche ; ou plutôt, ce qu'on recherche, une fois trouvé, change et devient l'autre chose.

— Dis-moi le contraire. »

Le vieux Bouddha devient lointain.

— Enfin vient le désespoir, dit le Petit Wei. D'ailleurs, c'est pour cela que je suis là.

— Le contraire du désespoir ?

— La résignation. Le désespoir est la mer, l'homme est le bateau. On ne peut jamais en sortir.

— Après ?

— Le silence.

— Et le contraire du silence ? »

Le Petit Wei réfléchit. Il voulait dire que le contraire du silence est le bruit, mais là tout recommence. Ce que le vieil homme lui demande n'est sûrement pas cela. Tout à coup, il remarque que les choses s'équilibrent d'une autre façon : non seulement d'en face, mais en cubique, en trois dimensions. Alors il répond :

« Le contraire du silence, c'est le non-dit.

— Et le contraire du non-dit ? »

Le jeune homme se tait. Beaucoup de réponses s'agitent dans sa tête, mais il ne dit rien. Une fois prononcés, ses mots deviendront erreurs.

« Et le contraire du non-dit ? » demande le vieux Bouddha, de son ton monotone.

Le Petit Wei se tait toujours.

« Parfait ! Reste dans l'état où tu es. »

Le Bouddha ferme la bouche et réintègre sa statue.

Le jeune homme se sent fixé par la dernière phrase du maître. Il ne peut plus bouger. Il ne souffre pas. Il éprouve un équilibre total. Au moment où il veut faire un mouvement, son envie est équilibrée par la volonté du contraire. Une formule est remplacée par une autre, son contraire. Il saute d'un plateau de la balance à l'autre. Il a toujours besoin du contraire pour une affirmation. Un délice le baigne. Il se détache de tout. Ni le tourment des désirs, ni l'aiguillon de l'ambition, ni l'amertume de la déception... Il se sent léger, comme une vapeur qui s'évaporerait. Pour la première fois, il éprouve ce bonheur, l'état de non-dit, de non-agir, de non-désir : il n'est pas immobile, mais mouvement, vibration, ivresse !

Il ne sait combien de temps s'écoule pendant qu'il s'enivre dans ce détachement de soi-même. Lentement le jour s'infiltre dans le temple. Le Petit Wei émerge de son ivresse. Autour de lui, il ne trouve qu'un papier jauni de paille sur lequel est peint un petit Bouddha qui rit. Il prend l'image dans sa main et regarde : c'est un rire particulier, ni celui du plaisir ni celui de l'amertume, mais un rire qui signifie tout, la compréhension totale, la stupidité, la bonasserie, la malice, un rire de renoncement à l'humanité et aussi celui de l'abandon de soi-même ; un rire à la fois compliqué et simple : un rire...

Dès lors, le jeune homme a compris la vérité éternelle de l'univers.

三十

Silencieusement, le jour s'approche, chassant les nuages de la nuit. A cette heure, la plus froide de la journée, l'univers paraît dur, rétréci. Tout devient minuscule. Entre les immeubles, les arbres, les corps, s'étire un espace plus large, plus vide, infranchissable.

Le vent arrive à temps pour arracher le campus à sa nuit protectrice et le réintégrer dans un monde glacial.

Depuis longtemps Liang s'est réveillé. A-t-il seulement dormi ? A peine voit-il le jour poindre qu'il saute du lit et sort de sa chambre sur la pointe des pieds. Un calme mortuaire règne dans le couloir. Les étudiants se dissimulent derrière leur sommeil, émettant si possible un ronflement trompeur. Personne ne dort vraiment, pense Liang en s'approchant, en bas de l'escalier, du téléphone. Il consulte sa montre, 7 heures et demie. Il hésite : il est encore trop tôt pour téléphoner, Hong dort. Elle est rentrée très tard hier soir chez elle ; à moins qu'un membre de sa famille ne dorme ? Il décide d'attendre un peu auprès du téléphone. L'appareil sera bientôt assiégé. En se répétant le numéro de chez Hong, Liang pense que, maintenant, tout dépend de l'appel qu'il va donner. Si Zhang a pu intervenir, et que la manifestation ait lieu librement aujourd'hui, la Chine commencera officiellement à vivre une nouvelle phase : la démocratisation. Dans le cas contraire, tout serait foutu ! La répression, la prison, la poursuite de la police secrète. Liang arrête de fantasmer. Donner cours à son imagination en ce moment ne peut qu'empirer les choses. Avec un effort, il était tenté de croire que l'aventure se déroulerait bien. Il avait eu de la chance malgré ses malheurs ;

durant sa courte existence, où il avait reçu son lot de souffrances pour n'avoir plus à subir une telle épreuve. Le ciel n'allait pas laisser se produire un tel déséquilibre. Liang relève la tête et contemple le ciel à travers les vitres au sommet de la porte. Un drôle de ciel. Sans nuages, trop tôt pour être ensoleillé, jour sans provenance qui cause une impression délicate, comme un papier léger qui se déchirerait à la moindre occasion. Bizarrement, Liang se sent tout à coup parti là-haut, dans le ciel, regardant vers la terre où se trouve ce pauvre jeune homme, Li Liang, prisonnier de son destin, qui se débat pour trouver une issue, comme un poisson dans un filet.

Brusquement, l'appareil se met à vibrer en pratiquant devant lui des sauts invisibles.

La sonnerie paraît épouvantable dans ce couloir désert. Troublé, Liang saisit le récepteur.

« Houai ?

— Bonjour, tu peux m'appeler Jin Jian Fan, de la chambre 425 ? »

Une jeune fille. Accompagnée d'un crépitement très lointain. Elle a dû mettre tout son charme dans cette voix féminine pour prier Liang. La chambre qu'elle veut atteindre se trouve au quatrième étage.

« Comment ? demande Liang en haussant la voix, pour gagner du temps.

— Jin Jian Fan, de la chambre 425, s'il vous plaît ! »

Cette communication tombe mal. S'il appelle cette personne, Liang subira sûrement un marathon téléphonique.

« Tu veux parler à la chambre 425 ?

— Oui, oui, je t'en prie !

— Attends... »

Liang réfléchit en posant sa main sur le récepteur. Normalement, il fuit dès qu'il entend le téléphone, car, s'il le prend, sa bonne conscience l'oblige à aller chercher la personne en question. Aujourd'hui c'est différent : son coup de fil à lui est si important !

« Il n'est pas dans sa chambre ! » répondit-il.

Sans attendre la réplique, il raccroche :

« Tant pis ! il s'agit de l'avenir du pays. »

L'appareil à la main, il consulte sa montre : 8 heures moins 5. Ses doigts tremblent en composant le numéro.

« Oui, c'est moi ! répond Hong tout de suite, je t'attendais.

— Alors ?

— Mon père n'est pas rentré hier soir, et je n'ai pu le trouver nulle part.

— Merde ! »

Liang sent que le sol s'écroule sous ses pieds.

« Merde !

— Comment faire ? Tu veux toujours que je vienne ? »

Liang se reprend. Le riz est cuit. Police ou non, les étudiants vont manifester.

« Bon, tant pis. Viens nous rejoindre tout de suite. »

Après avoir raccroché, Liang reste un instant devant l'appareil. Il ne sait plus quoi faire. Pas de nouvelle est pire qu'une mauvaise nouvelle. Un blanc dans la tête, il pense téléphoner à Yao qui pourrait lui suggérer quelque chose, mais en formant son numéro il change d'idée : les récents événements l'incitent à mesurer sa confiance en cet ancien ami. Comme dit le vieux proverbe : « Il n'y a pas d'amitié en politique. » Yao n'est pas la meilleure personne qui puisse l'aider. Une fausse nouvelle serait pire que pas de nouvelle, pense-t-il en sortant du bâtiment. Il doit, à tout prix, trouver Chou et ses autres camarades.

Un grand coup de froid l'agresse violemment. Liang respire l'air glacial pour éteindre le feu de son angoisse. Le soleil, lié par une voie mystérieuse à l'humanité, semble avoir prévu cette journée de troubles, ne voulant pas ouvrir trop tôt les yeux. Quelques lueurs d'aurore parcourent un ciel lointain.

Sur le campus, on compte peu de passants très pressés, qui se précipitent en direction du premier abri. Liang sent rôder un danger vague derrière son cou.

Chou, l'air sombre et fatigué, s'avance à sa rencontre.

« Hong n'a pas pu voir son père, dit Liang. On n'a aucune nouvelle de la situation. »

Cette information ne semble pas angoisser Chou. Après une brève réflexion, il dit : « On ne se laissera pas influencer par une nouvelle ou une autre.

— Je le crois, dit Liang machinalement.

— Bon. Au boulot ! Voilà les slogans d'aujourd'hui. »

Chou sort de sa poche un bout de papier sur lequel sont inscrites de courtes phrases. Liang s'en saisit et lit avec application ; Chou a une très mauvaise écriture, ses caractères ressemblent à des têtes de mouches.

« Très bien. Je vais les faire taper à la machine pour ne pas en laisser de traces, avant de les photocopier. Nous les distribuerons à la foule. Il faut surtout les donner à nos camarades qui vont crier à la tête.

— Moi, je vais vérifier les textes des banderoles que nos camarades sont en train de fabriquer.

— Rendez-vous à 10 heures, devant la bibliothèque.

— Entendu ! »

三十一

Les lumières rampent comme des mollusques, à travers la vitre, en se posant obliquement sur la couverture. Sous la chaleur, l'air s'immobilise. Wang Juin se réveille. Les yeux mi-clos, un blanc dans la tête. « Ils sont allés manifester. »

Cette idée glisse dans son esprit et provoque en lui un sentiment d'irritation. La solitude, une fois de plus, le ronge de ses dents invisibles. Wang Juin ressent un vide au fond du cœur. Il a peut-être tort d'avoir renoncé à participer à ce mouvement dans lequel il aurait pu jouer un rôle. Il se demande s'il pourrait revenir sur sa décision. Il s'imagine en train de manifester, d'agir avec ses semblables, de hurler les mêmes slogans, de se fondre en un torrent de volonté commune, de décharger cette colère, de détruire, de dire non. L'avenir de la Chine, la victoire, l'échec, on s'en fout ! Rien que pour le plaisir d'affirmer son existence, de dominer le destin, ce sera un bonheur... Mais cette manifestation est vraiment stupide, Wang Juin comprend qu'il aurait regretté d'y participer. Sa lucidité est si forte qu'elle n'admet pas la moindre ombre dans laquelle ses sentiments pourraient survivre. Au début, il avait cru qu'en se retirant il aurait pu empêcher Liang et ses amis de se lancer dans cette aventure dangereuse. Mais il n'aurait jamais deviné que « les Liang » étaient assez entêtés pour se précipiter, malgré tout, tête nue contre un rocher. Il ne lui reste qu'à s'enfoncer dans sa solitude. Son acte devient une trahison, un choix de lâcheté. En plus, Hong l'a installé à cheval sur le dos du tigre. Si cette capricieuse n'avait pas refusé son amour, il aurait peut-être accepté d'aller manifester. Mais elle a changé en moins de vingt-quatre heures, Wang, sous le choc de la déception, a raisonné autrement. Ses poumons gonflent de rancune. Une évolution imprévisible des événements suscite des injustices. Ces injustices, à leur tour, influencent les événements. C'est sans doute cela le destin : Wang Juin demeure prisonnier de son choix.

« On ne pourra voir les jambes couvertes de boue une fois qu'elles seront sorties de l'étang ! » A cette idée, un rire effleure ses lèvres : « On verra ! »

La porte de la maison claque. Son père part pour son bureau. Wang Juin pense alors au mystère de son père. Depuis long-temps, il a remarqué que son père a une habitude bizarre : chaque fois qu'il a une décision importante à prendre en matière politique, il s'enferme dans son bureau pendant quelques heures. Ses décisions justes, au cours des années, l'ont conduit de réussite en réussite, en évitant les catastrophes. Pendant la Révolution culturelle, il a été presque le seul à échapper à tant de naufrages. Le président Mao avait dit qu'il était l'un de ses meilleurs politiciens. Beaucoup de ses amis lui avaient demandé quel était son secret.

« Je n'ai pas de secret... », avait dit modestement son père.

Il n'a jamais révélé ce qu'il faisait pendant des heures enfermé dans son bureau. Wang Juin est sûr que le secret de son père réside là. Il l'a guetté plusieurs fois et n'a découvert que quelque chose de très vague : il s'agit de la petite armoire dans le coin de son bureau.

« Aujourd'hui, que le reflux découvre les récifs ! »

Il ouvre les yeux, lèche ses lèvres desséchées par le chauffage : puisqu'il se voit obligé d'aller jusqu'au bout de sa décision, pourquoi ne franchirait-il pas le dernier pas en découvrant le secret de son père ?

Le jeune homme n'hésite plus. Il se lève et colle l'oreille à la porte : dans la maison, règne le silence. Sa mère dort encore. Promptement, tel un chat alerté, Wang Juin sort de sa chambre et file sur la pointe de ses pieds vers le bureau de son père. Il s'arrête devant la chambre de ses parents pour entendre le ronflement habituel de sa mère qui, comme une houle lointaine, heurte sans cesse la lourde porte close. Le jeune homme s'enhardit et, d'un pas leste, se glisse dans le bureau de son père et ferme la porte à clef derrière lui. Il demeure un instant immobile pour calmer son cœur. Les rideaux sont fermés. Il fait tout noir. Les dents serrées comme s'il allait assassiner quelqu'un, Wang plonge la main sur le mur jusqu'au bouton électrique et allume la lampe. La lumière trop intense accentue brusquement la peur qu'il a de sa propre audace.

Encore un moment immobile, il ose enfin ouvrir le tiroir du bureau. Avec un léger grincement, quelques livres de Marx et de Lénine apparaissent ostensiblement, couvertures rouges opaques de sang coagulé.

Wang Juin saisit les livres et, de ses doigts habiles, les feuillette l'un après l'autre. Une clef d'argent tombe à terre. Il la ramasse et se dirige vers le coin le plus sombre de la pièce. Il s'y trouve une armoire, en forme de temple minuscule, dont la couleur, rouge d'origine, a déjà été noircie par le temps.

Tenant la clef, ses doigts commencent à trembler devant le trou de la serrure. La surexcitation lui coupe presque le souffle, un sentiment religieux le parcourt : il ressent déjà l'éblouissement de ce qu'il va découvrir.

Un soupir le détend. Wang Juin introduit la clef dans la serrure. Les deux portières s'ouvrent avec un bruit suraigu, comme pour crier au voleur. Le jeune homme n'a pas le temps d'apaiser sa peur. Une boîte de cuir apparaît. Il la ramasse. A sa surprise, très légère, elle dégage une odeur de moisi. Wang Juin dénoue la couverture de cuir et découvre un livre très mince, aux feuilles jaunies, dont le titre en gros caractères dorés, d'une écriture archaïque, précise : *Clef du pouvoir : le visage épais et le cœur noir.*

En bas, encadrées, quelques phrases en gras indiquent : « IMPORTANT : N'ayant été imprimé qu'à vingt et un exemplaires, ce livre secret doit demeurer l'exclusivité absolue de ceux qui ont pu y avoir accès. La moindre indiscrétion sur son contenu suscitera un déséquilibre de la société et des cataclysmes irrémédiables de notre Empire. »

Wang Juin frémit ; mais son esprit a été si bouleversé qu'il est incapable de se poser la moindre question. Une curiosité plus forte que lui le pousse à ouvrir l'opuscule de cuir :

> « *Depuis que Pan Gou, notre Dieu, coupa d'un coup de couteau l'univers en deux, une partie le ciel et l'autre la terre, et que Nu Wa, notre Déesse, créa l'humanité,*

l'homme n'existe que pour un seul et suprême désir : le Pouvoir. Etre maître des choses, supérieur aux autres.

« *Le jeu de pouvoir, la politique, la façon avec laquelle l'homme acquiert le pouvoir.*

« *Au cours de notre longue histoire, parmi nos ancêtres, des génies, de grands esprits, des inspirés ont consacré toute leur existence à la réflexion sur la manière de conquérir le pouvoir. Des philosophies, des sagesses, des morales, des arts se sont multipliés, tels que les Quatre Vertus, les Trois Croyances, l'amour, la grandeur, l'honnêteté, l'intelligence, le courage, l'héroïsme...*

« *Tout cela n'est que mensonge ! La croyance et la pratique de ces principes conduisent l'homme à devenir la victime du pouvoir.*

« *Il n'existe que deux seules et véritables clefs pour réussir dans le jeu du pouvoir. Les voici : La première, la peau épaisse du visage : ne pas rougir de honte. Autrement dit : prendre la honte comme la gloire.*

« *La seconde, le cœur noir : être capable de méchanceté et de trahisons.*

« *Ces deux clefs se constituent, se complètent et s'harmonisent, chacune a sa spécialité, son cas particulier. L'une ne peut fonctionner sans l'autre. Plus on se façonne un visage épais, plus on noircit son cœur, et plus on accumule le pouvoir. L'homme qui supporte le mieux l'accablement des hontes et qui est le plus scélérat de l'époque ne peut qu'être le souverain de notre empire.*

« *L'histoire de la Chine en est la preuve :*

« *A l'époque des Trois Royaumes, Liu Bei fondit en larmes devant ses ennemis, à genoux devant ceux qui étaient plus forts que lui en les suppliant de l'épargner. Il fut l'homme le plus lâche de son époque. Pourtant il devint l'empereur du Shou. Par contre, celui qui détenait le pouvoir suprême du royaume Wei, Ts'ao Ts'ao, donna l'exemple de la scélératesse.* »

La vue de Wang Juin se brouille. Ces mots le choquent, le cœur noir, la méchanceté, la trahison, la honte, la lâcheté, la scélératesse ? Peut-il, pour un instant, cesser de reconnaître la valeur de cette lecture ? Mais, très vite, la vérité l'a conquis. Il connaît le personnage de Ts'ao Ts'ao, dont il admire le talent. Wang Juin se souvient de ses histoires.

« *Un jour, Ts'ao Ts'ao décida de tuer le Premier ministre, le seul obstacle de son ascension du pouvoir. Il passa à sa ceinture une dague très précieuse qu'un ami lui avait offerte. Il entra dans le pavillon privé de Son Excellence et découvrit qu'il dormait, face au mur.*

« " *L'occasion est excellente, se dit Ts'ao Ts'ao, il s'offre de lui-même à mes coups.* "

« *A la seconde où il allait frapper, sa victime, par un mouvement imprévisible, ouvrit les yeux et regarda le miroir en face duquel il dormait. Le Premier ministre aperçut le reflet de Ts'ao Ts'ao qui dégainait sa dague dans son dos.*

« " *Mais que faites-vous ?* " *s'écria-t-il en se retournant d'un bond.*

« *Ts'ao Ts'ao fléchit le genou et se précipita aux pieds du Premier ministre :*

« " *Permettez-moi, dit-il en présentant la dague, de vous offrir cette arme précieuse. J'avais pensé qu'elle pourrait convenir à Votre Excellence...* "

« *Un autre jour, après son attentat contre Le Premier ministre, Ts'ao Ts'ao se réfugia dans un village où il aperçut le meilleur ami de son père, Pei-Chö. Celui-ci se précipita à sa rencontre :*

« " *J'ai entendu raconter que la Cour envoyait des messagers pour te faire arrêter d'urgence, mon petit neveu. Mets-toi un peu à l'aise, d'esprit et de corps, en te reposant. Pour ce soir, je te prie de bien vouloir accepter l'hospitalité de mon humble chaumière.* »

« *Ainsi, il se cacha dans la maison de l'ami de son père. Heureux de recevoir quelqu'un de la famille d'un ami défunt, Pei-Chö donna l'ordre aux siens de préparer un festin. Lui-même partit chercher du bon vin au village voisin. Ts'ao Ts'ao, caché à l'intérieur de la maison, demeura fort inquiet. Tout à coup, il entendit le bruit d'un couteau qu'on aiguisait, et des gens dire à voix haute :*

« " *Il faudra le ligoter avant de le tuer.* "

« " *Ça y est, se dit Ts'ao Ts'ao, voilà ce que je craignais ;*

si je n'agis pas le premier, je suis fichu. Ils vont me capturer ! "

« *Il dégaina son sabre, fit irruption dans la pièce voisine, et tua tout le monde. Après le massacre, il découvrit, dans un coin de la cuisine, un porc ficelé, qu'on s'apprêtait à égorger.*

« *Il quitta la ferme sur son cheval. Mais il n'avait pas fait deux lis qu'il vit arriver Pei-Chö. La selle de son âne était surmontée d'une grande corbeille à laquelle étaient suspendues deux grosses calebasses pleines de vin, les mains chargées de fruits et de légumes. Etonné, le brave homme lui cria :*

« " *Voyons, mon digne neveu, pour quelle raison t'en vas-tu ? Je comptais bien te régaler !* »

« *Ts'ao Ts'ao ne détourna pas la tête. Fouettant son cheval, il reprit la route. A peine avait-il avancé de quelques pas, qu'il dégaina son sabre en faisant demi-tour. Poussant un cri de surprise feinte, il dit à Pei-Chö :*

« " *Quel est cet homme qui arrive là-bas ?* " *Et, tandis que Pei-Chö tournait la tête pour regarder, d'un coup de sabre, il le tua.*

« " *Je préfère commettre l'injustice à l'égard de l'univers, plutôt que de laisser l'univers commettre une seule injustice contre moi.* "

« *Plus tard, cette phrase transmise de génération en génération devint la devise suprême des hommes politiques.* »

Wang Juin émerge de sa rêverie. Il comprend tout à coup pourquoi le président Mao, de son vivant, voulait réhabiliter ce personnage maudit par la Chine. Malgré sa gêne, le jeune homme continue sa lecture :

« *Pourtant, Ts'ao Ts'ao, si intelligent et rusé, avait un défaut : celui de la honte, qui l'empêcha d'être l'unique maître du ciel. A ces deux héros, s'ajouta un troisième : Soun Qian, souverain du Wou, qui disposa d'une certaine capacité de la " non-honte ", moins élevée que celle de Liu Bei, qui commit aussi délibérément des actes de trahison et de férocité, mais d'un degré moindre que ceux de Ts'ao*

Ts'ao. Alors le ciel, à cette époque, ne put que se partager en trois.

« Ensuite vint Ts'ao Pei, le fils de Ts'ao, qui rassembla toutes en un seul corps : la " non-honte " de Liu et la scélératesse de Ts'ao. Il unifia enfin le Ciel sous son trône. »

L'histoire se poursuit. D'époque en époque, d'empereur en empereur, le petit livre relate des exemples frappants pour étayer sa vérité : Li She Ming assassina son frère pour être nommé empereur. Han Xin se laissa humilier par les notables. Liu Ban chassa son meilleur ami qui l'avait aidé à conquérir l'empire.

La seconde partie du livre reprend l'histoire à l'envers, en relatant les tragédies vécues par les vertueux. Et, pour finir, le petit ouvrage donne toutes les explications sur la technique, la manipulation, la pratique de ces deux clefs. Par exemple, comment surmonter les difficultés psychologiques qu'on ressent devant un acte honteux. Dans quelle circonstance doit-on commettre une traîtrise ? Quel est le meilleur remède pour effacer les remords, la meilleure façon de traiter sa conscience, etc.

Wang Juin s'extasie. La respiration retenue, le cœur frémissant de joie, il n'éprouve qu'une extrême fascination devant la vérité absolue. Les ténèbres de l'histoire s'éclaircissent. Il se met à inventer la suite de ce petit livre restreint à l'époque de Qing : le général Tchang Kaï-chek, L'Evénement de Xi'ann, le président Mao, la lutte contre les « droitiers », la Révolution culturelle...

Le processus de la prise du pouvoir lui semble lumineux. Il reste un point à éclaircir : pourquoi ce livre a-t-il été imprimé seulement à vingt et un exemplaires ?

三十二

Dix heures vont sonner. Des photocopies dans son sac, Liang sort de la bibliothèque. Sur la grande place, quelques personnes habillées chaudement, l'air innocent, rôdent. La gorge de Liang se serre. S'il n'y a que des gens de son groupe, le combat est perdu d'avance. Craignant d'être reconnu par des policiers déguisés, il ne peut rester immobile. Mieux vaut se promener dans le bâtiment en face.

Liang traverse l'allée qui sépare deux pelouses, en essayant de supporter les secondes de cette trêve angoissante. Quelques filles marchent en bavardant devant lui. Liang contemple leurs fesses rebondies. Depuis hier soir, il voit les femmes d'une autre façon. Avant, il ne regardait que leur visage, leurs yeux. Il lui semblait que leur beauté n'était qu'une symétrie de la figure, une peau fine et tendre. Leur corps n'existait que pour se tenir à une certaine hauteur, afin de soutenir la tête. En été, il était attiré par leurs seins, recouverts d'une légère chemise, mais son attention ne se portait jamais plus bas que la ceinture. Or, aujourd'hui, après avoir connu pour la première fois un corps de femme, il ne songe qu'au sexe des filles. Elles lui paraissent toutes nues sous leurs vêtements. Suivant leur marche du regard, Liang devine déjà l'image de leur sexe, scellé dans la culotte, agité par le rythme des jambes... Il ressent à son tour une lourdeur en bas de son ventre.

« Li Liang ! »

Tout à coup, en un éclair, un vélo se lance vers lui. Hong arrive.

« Ah ! Tu es là !

— Il est déjà 10 heures, dit-elle sans descendre de son vélo, il n'y a pas beaucoup de manifestants.

— Pas encore. Il faut attendre quelques minutes », dit Liang, troublé de regarder la jeune fille en face. Il réalise mal. que c'est avec ce corps qu'il a fait l'amour.

Hong semble n'en éprouver aucune gêne. Elle a l'air d'avoir totalement oublié ce qui s'est produit hier entre eux.

« Qu'est-ce qu'il faut faire ?

— Voilà, dit Liang revenu à lui et désignant son sac, je transporte des slogans destinés à la manifestation. Nous allons les distribuer.

— Allons trouver Chou et nos camarades ! ».

En écartant largement les jambes, elle saute de sa bicyclette. Liang ne peut s'empêcher de baisser les yeux.

Devant l'entrée de l'immeuble, les étudiants commencent à se rassembler. Chou, son amie, et d'autres membres de leur groupe se croisent parmi la foule. Liang leur distribue les feuillets. Ensuite ils se dispersent.

La cloche sonne en haut du grand immeuble, dix coups, comme un glas. Au même instant, des étudiants surgissent des quatre coins du campus, les filles avant les garçons, en groupes serrés.

« Le danger est moins grand lorsqu'on le partage ! »

« La loi ne peut rien contre la masse… »

Ils se renvoient ces phrases comme pour exorciser la peur que chacun essaie de contenir depuis le matin.

Très vite, les jeunes gens occupent presque toute la place. Des discussions politiques se tissent. Liang et Chou stimulent leurs camarades. L'agitation commence. Quelques-uns sortent des banderoles et les brandissent au-dessus de leur tête. D'autres répandent des feuilles imprimées. Au sommet du large escalier, un gros surgit en agitant un drapeau rouge avec des gestes désordonnés.

Liang fait le tour de la foule et retrouve Chou.

« On commence ? »

Chou hoche la tête.

« Ohé ! En marche pour la place Tien-An-Men ! crie Liang brusquement.

— Allons-y !

— Au cœur de la capitale ! » répondent d'autres étudiants en chœur.

La foule se met à bouillonner. Le drapeau rouge et les banderoles se dirigent vers la sortie du campus.

Hong émerge de la foule, saisit Liang par le bras, le visage rayonnant d'excitation.

« Heureusement que tu as crié, je ne te trouvais plus...

— Les proclamations sont distribuées ?

— Oui, dit-elle. Il vaut mieux éviter de nous séparer pour pouvoir prendre éventuellement une décision.

— Tu as raison, dit Chou, on ne sait pas si la police s'est retirée.

— Je dois rester auprès de mes amies, dit la fiancée de Chou. Elles sont timides et ne connaissent pas vos militants. Je crains qu'elles n'osent pas affronter la police.

— Va les rejoindre et donne l'exemple en cas de besoin », dit Chou.

Liang réfléchit :

« Sur le plan que Wang Juin nous a transmis, le premier barrage des policiers se trouve au carrefour du zoo. D'ici là, nous pouvons déjà créer un certain mouvement. Des passants nous protégeront.

— Crions nos mots d'ordre dès la sortie du campus », dit Chou au plus jeune de son groupe, un étudiant en physique, chargé d'ouvrir la marche.

Il court prévenir les autres.

L'armée des manifestants sort du campus universitaire et envahit le boulevard qui mène au cœur de la ville.

Des hurlements se font entendre parmi un brouillard poussiéreux. A travers les nuages, le soleil écrase la terre sous un éblouissement glacial.

La ville millénaire tremble. Il se répand une immense nappe de cheveux ébouriffés, d'yeux effrayés derrière leurs lunettes, de visages convulsés de peur et de colère. Le monde devient une masse de zombis trépignants, aux cris sans identité.

三十三

La ville se retrouve devant lui.

Les membres en bois, le Petit Wei pénètre dans cette bouscu-lade humaine, sous cet éternel brouillard poussiéreux que comprime le soleil.

« *Kou Hai Wou Bian, Hui Tao Shi An* », se dit-il d'un ton désinvolte.

La vie humaine n'est qu'une odeur étrange et familière. Au centre de la rue, le jeune homme ouvre ses yeux ensommeillés et dilate ses narines gelées, en s'imprégnant de ce bain humain qu'il a quitté seulement durant vingt-quatre heures. Les autobus sont pleins à craquer, des marées de bicyclettes affluent, les bistros fument entre des pâtés de maisons sales, parmi lesquels des formes de chair tournoient par mouvements brusques, poursui-vies par d'invisibles chasseurs.

A l'angle de la rue du Zoo se tient un bistro qui déverse une odeur d'huile brûlée, au rissolement appétissant. Le Petit Wei sent revivre l'ensemble de son corps. La faim, la soif surgissent de sa chair, et l'accablent. Se cognant aux battants de la porte exiguë, il entre dans le bistro et se laisse tomber sur un tabouret gras.

« Va chercher la nourriture au guichet ! » gueule le garçon, cigarette à la bouche.

Le Petit Wei rassemble ce qui reste de ses forces, se dresse sur ses jambes tremblantes et se dirige vers le guichet devant lequel une douzaine de personnes font la queue.

« *Kou Hai Wou Bian, Hui Tao Shi An* », se répète le jeune homme, durant cette interminable attente.

Un quart d'heure plus tard, vient son tour.

« Deux omelettes frites et un bol de vieille pâte de soja assaisonnée, demande-t-il à la serveuse.

— Paie d'abord à la caisse ! » rétorque la fille d'un ton nerveux.

Le jeune homme avale sa salive, étouffant sa colère et se résignant à suivre une autre queue plus longue.

Croulant de fatigue, le Petit Wei se soutient en marmonnant : « *Kou Hai Wou Bian, Hui Tao Shi An.* »

Au terme d'une nouvelle attente, il parvient à régler, avec le reste de son argent, cette nourriture tant désirée. Tenant le plat des deux omelettes et son bol de bouillon, il retourne à sa table où un vieillard installé à sa place engloutit bruyamment son repas. Wei regarde ailleurs. Toutes les places sont occupées.

« C'est ma place... », murmure-t-il timidement.

Le vieux le regarde, puis rigole tout en mâchant une bouchée :

« Ta place ? Appelle-la pour voir si elle te répond oui

— Mais j'étais assis là tout à l'heure, j'ai été faire la queue...

— J'ai été là hier, avant-hier, il y a des années, avant ta naissance ! Ah ! ah ! ah ! »

Le vieux rit avec insolence. Tout le monde regarde Wei comme s'il était un animal curieux. Des chuchotements, des rires, des moues désignent le jeune homme.

Sa colère remonte lentement dans son corps épuisé. Wei ferme les yeux pour mieux capter le rugissement d'une force sauvage à travers ses veines, ses os. Il imagine déjà la tête du vieux couverte de bouillon de soja. Ses mains tremblent de plus en plus fort. Quelques gouttes de bouillon tombent à ses pieds.

« Ah ! ah ! ah ! Les jeunes gens ne savent pas combien le ciel est haut et la terre profonde, ah ! ah ! ah ! »

Le vieillard continue à rire aux éclats. Pendant un moment, le Petit Wei a cru qu'il allait se ruer sur lui pour lui casser la figure. Pourtant il n'a pas bougé. Quelque chose se fracasse en lui, sans violence.

« *Kou Hai Wou Bian, Hui Tao Shi An.* » Sa petite phrase lui inocule un calme immense. Son âme s'élève. Ni la colère ni l'humiliation, rien ne parvient à l'atteindre.

« Ah ! ah ! ah ! »

Il se met à rire lui aussi et dévore debout.

Tout à coup, des hurlements ébranlent la vitre. Une foule déferle devant le bistro d'où sort le Petit Wei, mâchant son dernier morceau d'omelette, les yeux vagues. Tout de suite, la manifestation l'emporte.

Le bouillon qu'il vient d'avaler chauffe agréablement son estomac et lui donne de l'énergie. Il avance entre deux étudiants qui ne cessent de hurler des slogans Poussé par une force étrange, il a envie de crier avec eux.

« Qu'est-ce qu'est la démocratie ? » interroge-t-il.

Sans lui répondre, les étudiants le regardent avec étonnement.

« La démocratie..., répond l'un d'eux, c'est la libre expression, la manifestation, quoi.

— Mais non, intervient un autre, la démocratie, c'est ce que nous réclamons, pour... pour une liberté, une liberté politique... Voyons le dictionnaire ! »

N'étant pas satisfait de sa réponse, le garçon se met à fouiller dans son sac. Mais ils n'ont pas de dictionnaire sur eux.

« Vous voulez consulter un dictionnaire ? »

Les gros yeux d'une étudiante, déformés par les lunettes profondes, brillent d'une gentillesse excessive.

« Oui, pour " démocratie ". »

La jeune fille sort de son sac un gros dictionnaire usé, et de ses doigts fins, feuillette les pages, puis lit :

« La démocratie, c'est une doctrine politique d'après laquelle les citoyens expriment librement leurs opinions sous la direction du Parti communiste chinois, qui exerce sa souveraineté sur les affaires d'Etat... »

La jeune fille n'a pas achevé sa lecture que les autres lui posent des questions auxquelles elle ne répond que par d'autres extraits de son dictionnaire. Une discussion s'élève. Avec un sourire, le Petit Wei assiste à ce spectacle auquel il ne comprend rien. Au bout d'un moment, ces termes sophistiqués brouillent son esprit. Il répète sa devise : « *Kou Hai Wou Bian, Hui Tao Shi An.* »

Tout à coup, les hurlements cessent. La foule stagne. Telle une bourrasque glaciale, un chuchotement gèle le cœur des manifestants :

« La police ! »

Le Petit Wei lève la tête et aperçoit devant eux, au milieu de la rue, une rangée de casquettes sur lesquelles étincellent de grosses cocardes rouges.

三十四

Une pierre tombe dans le cœur de Liang. Il s'est méfié de cette première image, espérant qu'il ne s'agissait que des agents de circulation. Mais la réalité le plonge dans le désespoir : ils sont bien là, portant des lunettes noires, le visage mortuaire, armés jusqu'aux dents. Le regard de Liang se pose sur leurs gants d'une blancheur éblouissante. Il éprouve presque un soulagement tant son désir de leur absence le hantait.

Les hurlements s'étouffent. La masse humaine frémit. Le premier rang recule tandis que l'arrière continue à pousser de l'avant. La foule se resserre davantage et tourne lentement en rond sur place. Avec angoisse, chacun scrute les yeux des autres.

« Merde ! prononce Liang entre ses dents, les poings dans les poches.

— Ils n'ont pas le droit de tirer ! dit Hong d'une voix rauque.

— Les policiers n'ont pas le droit de tirer ! » crie Chou à haute voix.

Tout de suite, la phrase de Chou parcourt la foule et provoque une vague de cris.

« Nous sommes protégés par la constitution. Ils ne peuvent rien contre nous ! » hurle Liang à son tour.

Son appel se multiplie aussitôt. Le piétinement reprend. Lentement, la distance se rétrécit entre les policiers et les manifestants. Des cris jaillissent de plus en plus fort :

« Manifester n'est pas un crime !

— Que les camarades policiers se mettent de notre côté !

— Nous sommes des frères... »

A chaque cri, la foule répond par une acclamation.

Du côté de la police, un agent saisit un haut-parleur :

« Attention ! Attention ! Maintenant, je suis chargé de transmettre une directive urgente du Parti : le comité municipal de Pékin a décidé que la place Tien-An-Men serait un haut lieu révolutionnaire. Sans autorisation spéciale du Parti, personne n'a le droit d'y manifester. Ceux qui ne respecteront pas cette loi seront punis par la dictature du prolétariat... »

Les étudiants cessent de crier. Un silence lourd tombe de nouveau sur l'agitation. Le haut-parleur reprend, plus sévère :

« Que les membres du Parti, ceux de la Ligue de la Jeunesse communiste, répondent les premiers à cet appel et sortent de la foule ! »

Le mouvement s'immobilise, la tension augmente. Les manifestants se jettent des coups d'œil en cachette. La plupart d'entre eux, qui sont membres de la Ligue, baissent les yeux. D'autres n'osent pas les regarder. Personne ne sort du rang.

Liang serre le bras de Chou. Ils sont tous les deux membres préparatoires du Parti.

« Il faut faire quelque chose, dit Chou d'un air sombre, sinon ils vont dissoudre le rassemblement.

— Nous allons foncer sur eux ! »

Hong se place entre les garçons et prend chacun par un bras.

« Ils ne peuvent rien contre moi. Je marche devant. Vous vous mettez derrière moi. Nous avancerons en triangle. »

Ils sortent de la foule, marchent vers les policiers. Derrière eux, quelqu'un chante *L'Internationale,* qui se propage aussitôt en une marée assourdissante.

« Les filles en avant ! » crie la fiancée de Chou.

En un clin d'œil, la foule explose. Bras dessus, bras dessous, les filles s'avancent. Derrière elles, les garçons hurlent en brandissant leurs banderoles.

Il ne reste que deux mètres entre Hong, Liang, Chou et les policiers. Concentrant toute son énergie dans son regard, Liang fixe les deux agents en face d'eux. Son corps devient un cœur qui saute. Au fond de lui, sa peur se désagrège, et parvient jusqu'au bout de ses membres, de ses cheveux. Un grattement vertigineux s'accroche à ses pupilles. Un silence de béton obstrue ses oreilles. Le monde réel lui semble tout d'un coup éloigné.

« Bonjour, oncle policier ! »

Cette appellation si tendre, si chère, surgit brusquement de son enfance où le maître d'école leur racontait de belles légendes sur l'armée révolutionnaire et sur la police de la nouvelle Chine, qui représentait la Grande Muraille protégeant notre pouvoir du prolétariat. Comme les enfants, Liang a appris à aimer les policiers qui, dans son esprit, n'étaient que des anges gardiens de la paix, du bonheur du peuple, une épée contre les ennemis, les malfaiteurs et les criminels. Son père avait, pendant sa mission difficile de préfet, un policier pour garde du corps. C'était un grand garçon avenant, aux lèvres épaisses, avare de paroles, mais répondant au moindre ordre de son père. Liang, qui aimait alors beaucoup les armes, s'amusait souvent avec son pistolet. Comme son père était généralement absent, le policier s'occupait de sa famille.

Aujourd'hui, Liang se trouve devant eux, sans défense, avançant contre leur barrage, à la merci de leur arme dont il se souvient de l'odeur froide de fer, émanant du canon obscur.

Avec une convulsion instinctive, Liang serre le bras de Hong, afin de ne pas s'évanouir. Comme il aurait aimé écouter son père ! Comme il s'en veut de n'avoir pas suivi les conseils de Xué-Yan et de Wang Juin ! Comme il aurait envie de s'arrêter tout de suite ! Mais ses jambes ne lui obéissent plus. Elles continuent leur marche inexorable. Des larmes lui montent aux yeux. Un pas, encore un autre...

Imperceptiblement, les deux agents chancellent. Leurs mâchoires se tendent, leurs mains cherchent la poignée de leur bâton électrifié.

Les trois manifestants font encore un pas.

Les deux agents lèvent presque en même temps les bâtons. Celui qui est en face de Liang a eu un instant de scrupule tandis que l'autre frappe férocement sur la tête de Chou qui, lourdement, s'écroule sur la chaussée, sans un cri. Liang a eu à peine le temps de réaliser ce qui se passait qu'un coup de tonnerre lui éclate sur le crâne. Son esprit n'a enregistré qu'un engourdissement subit de tout son corps. Il tombe sur le pavé. Evanoui.

三十五

Liang ouvre les yeux. Il peut enfin contempler dans la lucarne, d'où, tout à l'heure, des rayons lui brûlaient les pupilles. Depuis quand cette lumière éblouissante s'est-elle adoucie, remplacée par une ombre à peine visible ? Liang ne sait se le dire. Pendant toute la journée, étendu, immobile, il vit entre la veille et le rêve. Le coup violent du bâton électrifié du policier semble avoir désa-grégé son système nerveux, et déchiré quelque chose entre ses sens et son esprit. Il se souvient qu'après le coup qu'il a reçu, il a été réveillé par les cahots d'une voiture cellulaire, entre des corps, assommés eux aussi. Son premier désir avait été de retrouver Hong et Chou, mais l'effort qu'il a fait pour tourner la tête a provoqué dans son cerveau un vrombissement qui lui a fait perdre de nouveau connaissance. Son second réveil a eu lieu dans une grande salle sombre, une sorte d'amphithéâtre où on les avait entassés par terre. Beaucoup d'agents s'affairaient et chuchotaient autour de quelques médecins militaires. Cette fois-ci, quoique dans le flou, Liang pouvait entendre et voir. Il lui était impossible de s'exprimer. Le désir de retrouver les siens lui serrait la gorge. Il avait très peur. Le fait qu'il ne puisse pas crier renforçait sa peur. Il a pleuré, comme un enfant. Un médecin est venu l'examiner. Il lui a ouvert les paupières de force pour sonder le fond de ses pupilles avec une lampe de poche. Depuis ce moment, un voile éblouissant s'est dressé devant ses yeux et le pique chaque fois qu'il tente de discerner quoi que ce soit. Derrière le médecin, deux infirmiers lui ont pansé le crâne et injecté un produit dans la fesse droite. Il a encore dormi, profondément.

Dans l'ombre, Liang contemple la nuit par l'ouverture, à

travers les barreaux. Le voile éblouissant s'affaiblit. La nuit lui
paraît d'une légère couleur rose. Aucune étoile. Peut-être fait-il
mauvais ou ses yeux n'arrivent-ils encore pas à discerner le
minuscule scintillement ? Par bouffées, le vrombissement des
autos pénètre dans la pièce, en donnant une impression de ville
lointaine. Bruit de la liberté, enfermée au-delà de ce mur.
Pourtant, Liang se sent étrangement tranquille ; son envie de
revoir Hong et Chou s'éloigne, avec l'angoisse qui l'accablait.
Comme un objet qui tombe, il parvient au terme de sa chute. Il
règne dans son esprit une sorte d'attente mêlée de curiosité.
« Prison ». Ce mot a une signification si étrangère qu'il se sent
agréablement surpris. Il est étrange qu'il baigne dans ce calme
auquel on ne s'attend pas en un tel lieu.

Une brûlure éveille son crâne à l'endroit où le bâton l'a frappé.
Cette sensation de douleur entraîne sa conscience. Une à une, ses
pensées lui reviennent. La tristesse, le remords, l'inquiétude et
des désirs inassouvis sont là, suspendus quelque part au-dessus de
lui. Liang n'ose pas bouger. Un geste ou un mouvement de
l'esprit auraient déclenché l'agression de ces sentiments cruels qui
le bombarderaient. Retenir le temps, maintenir immobile son
esprit, tels sont les efforts auxquels il s'astreint. En vain. Déjà des
images scintillent. Non devant son regard, mais au-delà. Il lui
faut tenir les yeux ouverts, s'emparer d'une vision pour empêcher
que ces images ne s'imposent à lui, qu'elles ne pénètrent son
champ de vision. Comment barrer Hong qui s'impose ? Son
corps nu, sa poitrine gonflée, ses cuisses palpitantes, ses cris qui
percent le plafond... Liang ferme les yeux et la laisse glisser sur
l'écran de son esprit. A cet instant, une autre image lui succède,
beaucoup plus forte, plus violente, envahissant celle de Hong
qu'elle dissout promptement. Son père se présente. Assis en
tailleur sur leur lit en terre battue, sa main caresse le menton. Il
murmure :

« Les destinées de la famille... le champ de tombes des Li, les
descendants du royaume Yan... »

Son sourire est insupportable : les sourcils froncés, le regard
sans lueur, la bouche entrouverte. Un sourire de désespoir,
d'impuissance. Liang aurait préféré qu'il se mette en colère, qu'il
insulte son fils ingrat, ou qu'il pleure. Tout sauf ce sourire !

Un courant tiède circule sur ses joues, lui chatouillant son
visage. Liang lève la main pour essuyer ses larmes.

« Tu te réveilles », dit brusquement une voix du fond de la pièce.

Liang sursaute et se rend compte qu'il n'est pas seul dans la cellule.

« Qui es-tu ?

— Tu ne me connais pas. Je ne suis pas des vôtres. »

Liang tourne légèrement la tête vers l'autre coin. Péniblement, il distingue une forme noire, tassée contre le mur.

« Comment se fait-il que tu sois ici ?

— Par hasard.

— Ne sommes-nous pas dans une prison ?

— Sans doute, répond l'autre avec indifférence. On se trouve toujours dans une prison ou dans une autre. »

Liang s'inquiète. Son interlocuteur doit être un jeune ouvrier pékinois, car il s'exprime avec des mouvements de langues inachevés. Chacune de ses phrases n'est qu'un bouillonnement de syllabes humides. Pourtant, son langage est si philosophique qu'une telle façon de parler lui semble incongrue. Il s'attend surtout à un affolement semblable au sien pour s'affirmer dans cette position particulière qu'il n'a jamais connue de sa vie. Or l'insouciance de son compagnon l'isole davantage dans son enfermement. Après une courte attente, Liang se calme. Il reprend :

« Ça fait longtemps que tu es là ?

— Non, après toi.

— Toi aussi, tu es pour la première fois dans une prison ?

— Oui, sauf que je suis depuis toujours dans une autre... »

Il s'agit plutôt d'un refus de conversation. Liang se tait et contemple les barreaux de sa lucarne.

« C'est toi le chef de cette manifestation ? interroge l'autre après un court silence.

— Comment le sais-tu ?

— Vous étiez, avec deux autres, les premiers à aborder les flics.

— Ah ! Tu étais avec nous. Veux-tu me raconter ce qui s'est passé après ?

— Ouf..., répond le jeune ouvrier, beaucoup d'autres vous ont imités. Les policiers en ont tabassé encore quelques-uns. Puis, comme cela devenait trop sanglant, ils se sont arrêtés. Les étudiants se sont rendus à la place Tien-An-Men.

— Ils ont manifesté sur la place, répète Liang tout bas, cherchant en lui une bribe de joie qu'il ne découvre pas. Sais-tu où est Chou, l'autre garçon qui m'accompagnait ?

— Non. Ils vous ont traînés dans leur voiture.

— Mais tu m'as dit que, par hasard, tu nous avais rejoints. Ils ne t'ont pas tapé dessus ?

— Eh bien, j'étais parmi vous, je m'amusais du spectacle. L'ordre est venu qu'il n'était pas permis qu'aux étudiants de manifester. Comme je n'en suis pas un, on m'a emmené ici.

— On te met en tôle parce que tu n'es pas un étudiant ?

— On dirait.

— Et tu n'as pas protesté ?

— Oh non ! Comme je n'ai rien à faire, qu'est-ce que ça change si je suis en prison ?

— Incroyable ! »

La faible victoire qu'ils ont obtenue en ayant risqué leur vie n'a suscité qu'une inégalité de plus, une violation de plus de la démocratie. Liang atteint le fond du désespoir. Ils ont tous eu tort. Quelques jeunes étudiants ne peuvent sauver la Chine. Même s'ils organisent des manifestations, hurlent des mots d'ordre, se battent au risque de leur vie, ils ne serviront jamais à rien ! Les détenteurs du pouvoir l'ont compris : tant que le peuple ne se joindra pas aux intellectuels, leur pouvoir ne court aucun risque. Or le peuple vient de s'exprimer : « Je m'amusais du spectacle », « Je n'ai rien à faire », « Qu'est-ce que ça change si je suis en prison ? ». Victime de l'injustice, cet ouvrier n'a aucune volonté de lutter pour lui-même. Liang se souvient que, lors de leur manifestation, les passants les regardaient comme s'ils avaient été des monstres, et qu'ils se moquaient de ces naïfs !

« Tu n'as pas faim ? lui demande tout à coup le jeune homme. Les gardiens ont apporté la nourriture tout à l'heure. Pas mal. J'ai mangé ma part pendant que tu dormais. »

La faim creuse l'estomac de Liang. Il est débordé de colère et de tristesse. Cette idée de nourriture l'écœure.

« Tu ne protestes pas même si tu es jeté en prison ?

— A quoi bon ? »

Il répond avec une telle indifférence que Liang paraît stupide de lui avoir posé cette question.

« Tu es cinglé ou quoi ! s'écrie Liang avec colère.

— Je pense que je le suis beaucoup moins que tout autre.

— Incompréhensible ! »

Liang est d'autant plus malheureux en constatant que d'autres le sont sans le savoir. Nos sages ont eu raison de dire que la souffrance provenait de la connaissance. Liang souffre plus de l'enfermement de l'autre que du sien.

« Tu veux comprendre ? Est-ce que tu veux comprendre ? lui demande le jeune homme d'une voix agressive, tu veux bien comprendre ?

— Explique ! »

Immobile, lové dans son ombre, l'autre parle sur le ton d'un vieux sage :

« D'abord, essaie de comprendre cette phrase : " *Kou Hai Wou Bian, Hui Tao Shi An.* "

— Non ! »

Liang s'affole, et hurle.

« Tu ne comprends pas ? Laisse-moi t'expliquer.

— Non !

— Fascinant, la vérité absolue, continue l'autre sans entendre sa protestation. Vous avez toujours un idéal, vous voulez lutter pour réaliser cet idéal, plus de liberté, plus de richesse, plus de facilité dans la vie... Mais, en fin de compte, une réussite apporte d'autres ambitions, une solution crée d'autres problèmes. Les hommes ne sont jamais gagnants dans le combat du monde extérieur. N'est-on pas toujours esclave d'une chose ou d'une autre ? N'allons-nous pas tous finir par être réduits en poussière ? Le Maître dit : " Le vrai bonheur se trouve sous tes pieds. N'est-il pas cette vibration, cette ivresse intérieure ? N'est-il pas de se trouver détaché de l'univers, en état de " non-dit ", de " non-agir "... Donc : " *Kou Hai Wou Bian, Hui Tao Shi An* "... »

Les paroles du jeune homme s'enchaînent. Dans le noir, Liang l'écoute et ne peut que lui donner raison. « *Kou Hai Wou Bian, Hui Tao Shi An.* » Vérité absolue, magique, enivrante. Souris à celui qui te refuse. Donne un morceau de plus à celui qui t'a volé. Serre la main à celui qui t'a frappé. Mets-toi à genoux devant celui qui veut te dominer. Prends le bol de bouillon de riz en disant qu'il s'agit du repas céleste. Ferme les yeux pour voyager dans le plus beau pays du monde... Le plus précieux, la paix ! Le plus noble, la bonté ! La plus grande victoire, le « non-agir » !

Liang sent que son intelligence, comme une pierre, glisse sur la pente de la vérité absolue. C'est si facile, si agréable. Le monde est si beau. A quoi bon !

« Non ! non ! non ! »

Liang se reprend. Le pire des dangers serait cette évolution vers la sagesse plus qu'une série de désastres sur la voie de son destin. Une perception trop poussée le conduirait à un dépassement de lui-même qui l'empêcherait d'agir. Cette vérité n'est qu'un vin qui empoisonne ! Préserver sa naïveté, voire son ignorance, serait de conserver, pour plus tard, une semence du redressement de la Chine !

« Tu comprends, mon ami, il n'est pas facile d'acquérir cette vérité. J'ai grimpé la montagne, j'ai traversé de rudes épreuves... " *Kou Hai Wou Bian, Hui Tao Shi An...* " »

La rage, ranimée par la peur, par le désespoir, monte à la tête de Liang. Il se met debout :

« Arrête ! Ferme ta gueule ! Ta sagesse n'est que la lâcheté, la capitulation qui ont ruiné la Chine depuis toujours ! Durant des milliers d'années, les inspirés, les vieux maîtres, ont drogué notre pays ! Le peuple, saoulé, goûte son petit bonheur avec résignation, laissant le pouvoir aux salauds, aux méchants ! Cette compréhension est plus néfaste que l'ignorance ! »

Le jeune homme se met à rire aux éclats. Il répète sans cesse :

« *Kou Hai Wou Bian, Hui Tao Shi An.* »

Liang bondit sur cette forme noire et, de ses deux mains, serre ce cou par où coule ce rire saccadé.

L'autre ne se défend pas. Le rire étranglé, il n'arrête pas son refrain :

« *Kou Hai Wou Bian, Hui Tao Shi An.* »

Liang le gifle. Il noue à mort ses mains autour du cou de l'autre, jusqu'à ce que ses ongles s'enfoncent dans la chair, mais petit à petit, la force lui manque. Liang va s'évanouir.

Dans un dernier effort, il pousse un cri :

« Courage ! Ne comprends pas ! »

Son cri s'échappe de la lucarne et, comme un couteau, troue le ciel nocturne.

La nuit saigne.

Achevé d'imprimer en septembre 1988
sur presse CAMERON
dans les ateliers de la SEPC
à Saint-Amand-Montrond (Cher)
pour le compte des Éditions Stock
103, boulevard Saint-Michel, 75005 Paris